图书在版编目（CIP）数据

笑在公元前 / 梁刚编著. -- 北京：当代世界出版社, 2012.11

ISBN 978-7-5090-0861-4

Ⅰ. ①笑… Ⅱ. ①梁… Ⅲ. ①笑话—作品集—中国 Ⅳ. ①I277.8

中国版本图书馆CIP数据核字（2012）第220887号

笑在公元前

作　　者：	梁　刚
插画设计：	撤　职
出版发行：	当代世界出版社
地　　址：	北京市复兴路4号（100860）
网　　址：	http://www.worldpress.com.cn
编务电话：	（010）83908456
发行电话：	（010）83908410（传真）
	（010）83908409
	（010）83908423（邮购）
经　　销：	新华书店
印　　刷：	三河市祥达印装厂
开　　本：	730mm×960mm　1/16
印　　张：	14.75
字　　数：	150千字
版　　次：	2012年11月第1版
印　　次：	2012年11月第1次
书　　号：	978-7-5090-0861-4
定　　价：	20.00元

如发现印装质量问题，请与承印厂联系调换。

版权所有，翻印必究；未经许可，不得转载！

目录

"巨搞"的古代冷笑话 / 001

这菜还没拍照片呢,怎么吃啊? / 003

有才的穿越恶搞冷幽默 / 006

雷人的穿越时空 / 010

据说杜甫很忙 / 012

大汉子民买车牌 / 015

《三国》名人名曲 / 018

三国人物最需要的东东 / 021

笑里藏刀的雷人古代小笑话,不要笑坏哦 / 025

《三国》人物病例 / 034

贵妃,你就喂李白吃几个馍馍吧——小心别噎着 / 040

《三国》诸人逗你玩儿 / 043

恶搞《三国》人物手机被偷后的处理方法 / 048

大小乔的经历告诉我们:有才有钱长得又帅的男人,一般没法陪你到最后 / 051

非常不敢说的古代笑话,笑死人罪过大了 / 061

三国经典笑话 / 071

哥们儿穷疯了,聊一聊古人看看自己有多幸福 / 075

《三国》名人的个性搞笑签名 / 077

《三国》"可做"与"不可做"的事 / 080

《三国》笑话 / 085

《三国》英雄之跳伞逃生 / 092

我是狗尾,所以摇一辈子 / 094

我爱苏东坡的肉 / 096

古代小笑话——他们怎么说你什么都知道? / 099

有关《西游记》的爆笑笑话 / 121

如来大人,咱能一次就搞定吗? / 126

《红楼梦》的大观园里有网络了 / 130

搞笑的古代趣闻 / 132

三国时期出现过火星人 / 136

古代的暗恋小说 / 139

如果古代中国人参加奥运会 / 142

话不投机半句多 / 145

《西游记》之十大杰出青年 / 147

《西游记》也穿越 / 150

古人的那些糗事——我没娶上媳妇,把你给耽误了 / 154

二师兄,是我啊 / 161

偷吃"毒药" / 163

《射雕英雄传》笑话 / 165

东邪西毒老顽童 / 167

郭靖与黄蓉的大学生活 / 171
唐僧与婚介所大妈精彩"斗嘴"经过 / 176
沙僧其实是个卧底 / 179
悲催沙僧借钱记 / 181
沙僧委屈啊 / 186
沙僧,你辛苦了…… / 190
古代搞笑小段子 / 192
《三国》经典片段搞笑版 /203
古代幽默八则 / 205
见到大鱼大肉,我不要命了——古人也疯狂 / 209
史上最悲剧的穿越 / 221
梦中有个丈母娘 / 226

"巨搞"的古代冷笑话

1.

话说李世民穿越到清朝,见到了林黛玉,即刻惊呼:"众里寻你千百度,蓦然回首,你却在清朝贾府村里住。"

黛玉说:"还上什么百度,现在都微博了。"

2.

穿越至清朝,投胎竟是嘉庆皇帝,心下大喜,此生福享不尽,后宫嫔妃三千。

时夜,正欲唤妃侍寝,掌夜太监拦道:"奏折未批,太上皇有喻。"

无奈,批完奏折,不知几更时分,终唤得一妃陪侍,刚躺床榻,欲行床事,又听外面太监唤起,怒问何事。

太监在外嚷道:"主子,该上早朝了……"

3.

苏轼死后被招至西天极乐，对人间天堂杭州仍念念不忘，无心念佛。

佛祖很犯愁，便准许苏轼重游西湖了却心愿。

此时杭州已然是一座现代大都市。苏轼甚感欣慰，来到一家饭馆，想听听后人如何评说自己。

刚入得门去，便闻喊声此起彼伏："来份东坡肉！"

苏轼大骇，撒腿跑回西天，自此潜心念佛。

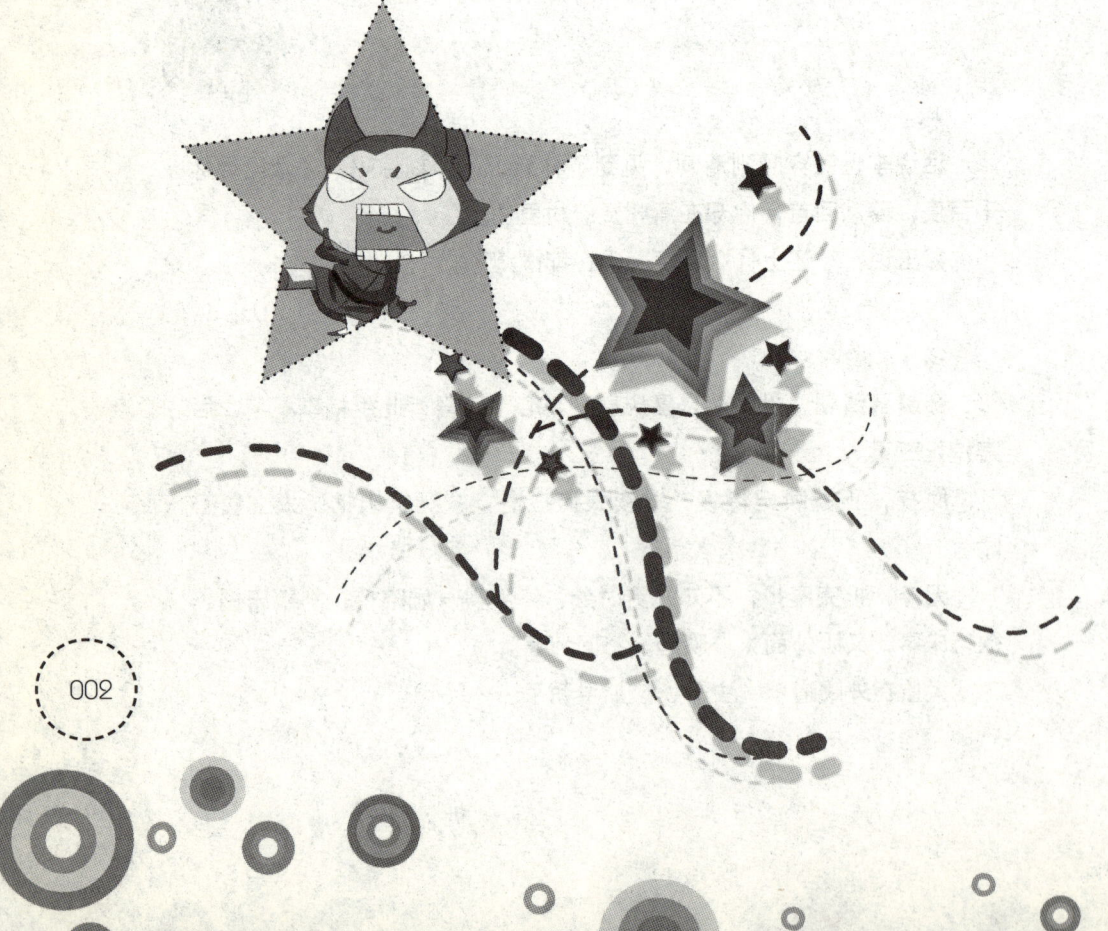

这菜还没拍照片呢,怎么吃啊?

1.

宋朝的人穿越到了现代,他们肚子饿了,这时发现左边有一家麦当劳,右边有一家KFC。大部分人都去KFC吃饭了……因为他们比较喜欢开封菜。

2.

物理课时,老师站在讲台上说:"小明,如果能穿越时空,你想做什么?"小明说:"如果能穿越时空,我一定要往牛顿家门口种一片榴莲树。"

3.

一女孩独自走在街上，突然被一个人拦住，那人深情拉起她的手道："百年前你抛绣球招亲，后来有一位秀才接住了绣球，这件事你还记得吗？我穿越而来，就是为了与你相遇！"女孩一怔，继而脸蛋一红，问道："你是那位秀才？"那人摇头，微微一笑："不，我是那只绣球。"

4.

一文艺青年穿越到过去，成了一个官宦家的少爷。家里负责膳食的师傅是全国有名的大厨，文艺青年却每天食不下咽，以致得了厌食症。一个丫环鼓足勇气问他："少爷可是有什么心事，怎么一口饭菜都没有吃呢？"文艺青年长叹道："为什么你们这儿没有单反啊？这菜还没拍照片呢，怎么能吃啊？"

5.

西天取经回来，悟空对打打杀杀四处颠簸的日子腻烦了。看着八戒成天在高老庄花天酒地，好不羡慕。

于是求如来给他一个能终日迷醉在花丛中的生活。如来道："可以，但是你要变回顽石，风化千年，方可。"

悟空马上答应。

千年后，贾宝玉出生。

6.

唐僧师徒被困火焰山，悟空说："师傅，待徒儿变成小飞虫，趁那铁扇公主喝茶时钻进她肚子里，不愁她不借芭蕉扇！"

悟空此去杳无音信。

众人酷热难耐，前来面见铁扇公主，丫环说："夫人最近恶心呕吐，不便见客。"唐僧询问原因，丫环说："前几日夫人喝茶，茶水太热。"

唐僧说："夫人不是中暑了吧？"

丫环说："不是，夫人在茶里发现了一只死苍蝇。"

7.

师徒四人取经归来，唐王大喜，就命于法华寺设道场，使四人试讲真经。师徒四人乃袈裟、毗卢、禅杖、云鞋装饰一新，登高台凛凛而坐，法器响处只听四人齐声念道："头一天来到，鬼呀嘛鬼门关，鬼呀嘛鬼门关……"

唐王登时大怒："你们是跑到西天取经去了，还是跑到天桥听相声去了？"

8.

妻子整理房间时发现了一张丈夫和一位陌生女子的合影照片，便询问丈夫是怎么回事。丈夫不以为然地说："这是五年前和女友的合影，早已经和她断绝关系了。"

妻子大声地说："难道去年我才给你织的毛衣，五年前你就穿上了？"

有才的穿越恶搞冷幽默

1.
白雪公主结婚以后，身体一直不太好。
王子请来医生诊断，发现她居然只剩下一个肾。
王子悲伤地捧起她的脸："亲爱的，你到底遭遇了什么？"
白雪公主勉强露出一个微笑："我在森林隐居时，有一天，一个巫婆敲开门对我说：'孩子，来个苹果吧！'"

2.
愚公家门口有座大山，愚公嫌它碍事，带着子孙，想把山移走。
河曲智叟制止他说："不能移，会有大灾祸。"
愚公不听，认为只要坚持不懈，就能把山移走。
有志者事竟成，终于到了山被彻底移走的这天，愚公眼含热泪。

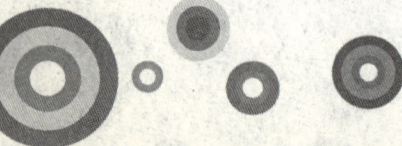

突然一声爆响，一条蛇从地底钻出，大笑道："哈哈哈，该死的葫芦娃，老娘出来啦！"

3.
一人穿越回战国，到了长平见到赵军主帅，激动道："你就是那个纸上谈兵的赵括啊！"
赵括大惑："我是赵括不错，也会谈兵不假，但什么是纸？"

4.
小燕子到紫薇闺房里过夜，姐妹俩玩过枕头大战，疲惫地刚要睡下，忽听"当当当"的敲门声。
紫薇一拍大腿："哎呀，忘了跟他说今晚你睡这里。"
小燕子悄悄问："是尔康吗？"
紫薇两朵红晕飞上脸颊，娇羞地说："不是，是尔泰。"
小燕子睁着大眼睛笑道："当姓福来敲门，不是一家人不敲一家门！"

5.
"泼猴，拿命来！"只见李天王手托宝塔，威风凛凛。
悟空吓了一跳，但过了半天发现李天王还没动手，就叫骂道："李天王，你要动手就动手，怎么就托了个塔半天不动啊？"
李天王笑道："傻了吧，今天是周五，老子要一直拖，一直拖，拖到下班……"

6.

楚国有个卖矛又卖盾的人，他先夸耀自己的盾说："我的盾很坚固，任何东西都无法穿破它！"

然后，他又夸自己的矛说："我的矛很锐利，能把任何东西穿破！"

旁边有个人就问他："如果用你的矛去刺你的盾，举着能当成一把伞吗？马上就要下雨了啊。"

7.

一个财主有三个儿子，老大叫仁儿、老二叫义儿，小的叫银儿。

一天，三个儿子在一起厮打起来，财主急忙让人保护小儿子。

他说："仁义有什么可惜的，我最爱的是银儿呀！"

8.

古时候，有一个太子和总管去一个乡村，那里的人只听说过总管。听说太子要来了，谈论道："听说太子要来了，知道太子是什么人吗？"

"那当然，总管大人的儿子啊！"

"是啊，太监的儿子当然是太子咯！"

9.

县官拜见上司。谈完公事，上司问道："听说贵县出产猴子，不知它们个头有多大？"

县官急忙答道："大猴子有大人那么大。"

忽然觉得这话失礼，又怕又悔，赶忙弯下腰继续说："小猴子有卑职这么大。"

10.
　　从前有两个渔夫，一个非常勤勉，天天出海打渔，另一个则比较懒散，好几天才出海一次，但一年下来，两人的收成却差不多。
　　勤勉渔夫不忍问道："你打渔的次数比我少多了，怎么收成会和我的差不多呢?"
　　懒散的渔夫解释道："你的方法不对，虽然天天出海打渔，但有时候多，有时候少，有时遇上风浪血本无归，但我则是经常上网了解天气和渔汛的情况，做到有的放矢啊。"
　　勤勉的渔夫不禁感慨："还是你强啊，三天打渔，两天上网。"

雷人的穿越时空

如果能穿越时空回到秦朝,你所学的专业,还用得上吗?

1.学测量的,正好可以当个风水先生。

2.搞物流的,难不成要给秦始皇赶马车?

3.学通信的,回去只能到烽火台点狼烟了。

4.搞房地产开发的,估计要去修长城。

5.学土木工程专业的,应该是建长城的总工。

6.学英语的,估计只能遛鸟了。

7.学民航的,看来只能放放风筝了。

8.做人力资源的,会不会给皇帝选秀女啊。

9.学制药的,估计可以去炼长生不老药,说不定还能当个国师。

10.学建筑的,只能扫扫宫殿了。

11.学给排水的,估计只能去挖护城河。

12.学财务的,能当个账房先生。

13.学中文的,那你最好别去,回去估计只能被"坑"掉!

据说杜甫很忙

 近日记者采访了杜甫："杜老,听说最近你很忙,是吗?"
杜甫："我能说脏话吗?"
记者："不能……"
杜甫："不能吗?那我没什么好说的了……"

 杜甫委屈地扑在李白胸前："他……他们这些日子一直让我穿些奇怪的衣服,干奇怪的事!"

李白温柔地抚摸着杜甫的头,静静地,眼底却涌起一股寒意:"只能这么解释了,定是你我二人的诗还不够长,他们背的不够爽!"

如果李白和杜甫在泰坦尼克上:
李白:"李白乘舟将欲行,忽闻岸上踏歌声。"
杜甫:"正是江南好风景,落花时节又逢君。"
李白:"两岸青山相对出,孤帆一片日边来。"
杜甫:"丛菊两开他日泪,孤舟一系故园心。"
李白:"举头望明月,低头思故乡。"
杜甫:"露从今夜白,月是故乡明。"
李白:"醒时同交欢,醉后各分散。"
杜甫:"但见新人笑,哪闻旧人哭!"
李白/杜甫:"唉,都是眼泪啊。"

最炫杜甫风:开元的盛世是我的爱,幽幽的蓬门今始为君开。什么样的美酒更呀更开怀,什么样的茅屋最耐大风拆。萧萧的落木从天上来,锦官城姹紫嫣红一夜花成海。火辣辣的泰山是我们的期待,一路若喜若狂妻子愁何在,我们要愁就要愁得更悠哉。你是我身边最美的李白,天子呼唤也不上船来。悠悠地唱着最炫的杜甫风,让诗记录大唐的兴衰。我是你课本最美的男孩,我千变万化就是让你猜,悠悠地唱着最炫的杜甫风,是语文课本最美的姿态。

传说李白预测了超女,杜甫预测了旱情。

于是乎在某个夜黑风高的夜晚,李白:"我被预测了超女。"

杜甫:"我被预测了旱情。"

李白:"没想到一千年后你还是忧国忧民。"

杜甫:"没想到一千年后你还是小资小清新。"

大汉子民买车牌

话说,大汉颁布了新的《汽车牌照管理协定》,允许申请个性化的牌照,大汉臣民兴奋异常,都在绞尽脑汁给自己的爱车挂一块好的车牌。

第二天一大早,记者就看到有300多位在填表申请,采访了几位个性化牌照的申请者。

权臣董卓通过秘书李儒,打了一个电话,3分钟办理了第一块牌照"IAM 001",据工作人员介绍,太师的意思是想表示"我就是老大,天字第一号人物!"

董卓本来想给吕布的三菱越野申请一个"IAM 002",没想到吕布嫌太土没要,自己靠着身强力壮插队办理了一个"GOD 995",挂在车屁股上,大喇叭放着自己的成名曲《神啊救救我》,招摇过市。

被刘关张三个愤青扎了两个车胎,当然这是后话。

司徒王允给自己的养女新买了一辆法拉利跑车,申请了一个"SEX 100",寓意性感百分百,结果刚出门,就被董太师包养了起来。

昔日大汉十大杰出青年之一的曹操,给自己的老福特挂上了一块"REM 911",看来9月11日赤壁的那场大火让曹操至今不能忘怀,"REM"就是remember的简写。

三大愤青刘关张也不甘示弱,抢着注册自己的个性化车牌。刘备担心自己的小奥拓不能吸引什么眼球,就申请了一块"NMW555"。然后到处作汇报宣传,宣扬自己作为大汉皇叔no money no women,一把鼻涕一把眼泪地博取大家同情,最后反倒骗了东吴抗把子孙权的亲妹子作续弦,还把江东荆州酒吧偷偷抢占了,收取当地百姓的保护费,算是小发了一笔。关羽把曹操送的二手宝马擦了又擦,上了一块"WIN 168",拽得不得了,撞死了几个国道上乱收费的乡级干部,躲到荆州酒吧去了。张飞粗人一个,好不容易在荆州酒吧攒了一笔私房钱,买了一辆宝来,赶紧申请了一个"FEI 945"(吾乃燕人张翼德是也)。

另外一个河北牛郎赵云,开着一辆敞篷切诺基"MAN 186",不仅说明自己是男人,还身高186cm,仔细看看,车牌上面居然有若干唇印,只是不知道是不是MM留下的……

东吴有名的夫妻名模周瑜申请了一块"192 626"的车牌,大家百思不得其解,不知道这个数字排列有什么秘密,后来小乔被狗仔队追问得烦了,忍不住说了出来,其实是夫妻二人的结婚纪念日192年6月26日。

看见老同学周瑜开着新车带着老婆兜风,一直偷偷暗恋小乔的蒋干,申请了一个"FBI 007",可以名正言顺地跟踪小乔,结果填了

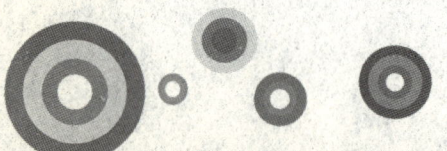

表才发现被庞统抢注了,只好改成了"KGB 007",继续干那见不得人的勾当。

《三国》著名的懒虫诸葛亮颇有经济头脑,抢注了若干牌照,比如什么"189 com"、"518 net"、"618 816"、"FLY 747"等,转手就在倒卖,被车辆管理部纠察鲁肃抓住以后,还狡辩是给自己的车上的,还带鲁肃去家里看自己的其余两百多辆没有上牌照的车,鲁肃傻了吧唧跟着去,结果发现诸葛亮说的是自己两百多个车模,登时气得口歪眼斜中了风。

截止到目前,仅有上述人等申请到了新牌照,大汉车辆管理局宣布,暂停新牌照的申请,等到制度更加完善了再继续。

《三国》名人名曲

1. 曹操：沧海一声笑，滔滔两岸潮……（乃当时曹公观沧海时所唱）

2. 刘备：男人哭吧哭吧不是罪…………（大耳儿的眼泪可在三国中排第一）

3. 孙权：妹妹你大胆地往前走，往前走……（孙MM出嫁之时）

4. 关羽：大哥大哥，你好吗？（败走麦城之际）

5. 周瑜：明天你是否会想起……（修短有命……遗恨何及！小乔她会不会改嫁呀？）

6. 吕蒙：我是不是该安静地走开，还是该勇敢地留下来………（欲袭荆州，又闻荆州军马整肃，预有准备，这……）

7. 鲁肃：为什么受伤的总是我……（为了荆州问题，自己里外不是人。哀哉）

8. 赵云：好男儿，浑身是胆……（长坂坡，曾以此来鼓励自己）

9. 黄忠：……It's yesterday once more……（回忆当年，老黄忠……）

10. 袁绍：睡在我上铺的兄弟……（想着自己被当年共称兄弟的曹操打败了，甚是憋气）

11. 吕布：为什么你背着我爱上别人……（貂蝉啊貂蝉！）

12. 孟获：嘿！这里的山路十八弯，这里的水路……（刚刚开始与诸葛亮对阵，自己总有优越感）

13. 徐庶：轻轻地，我将离开你，请将眼角的泪拭去……（对刘皇叔以泪相送，徐公只好以一曲《大约在冬季》来表达了）

14. 貂蝉：你不要这样地看着我，我的脸会变成红苹果……（凤仪亭，面对满腔热情的吕布，小脸通红）

15. 郭嘉：忘记你我做不到……（遗计定辽东，死了也要算计你）

16. 典韦：我们工人有力量……（拿人当武器扔）

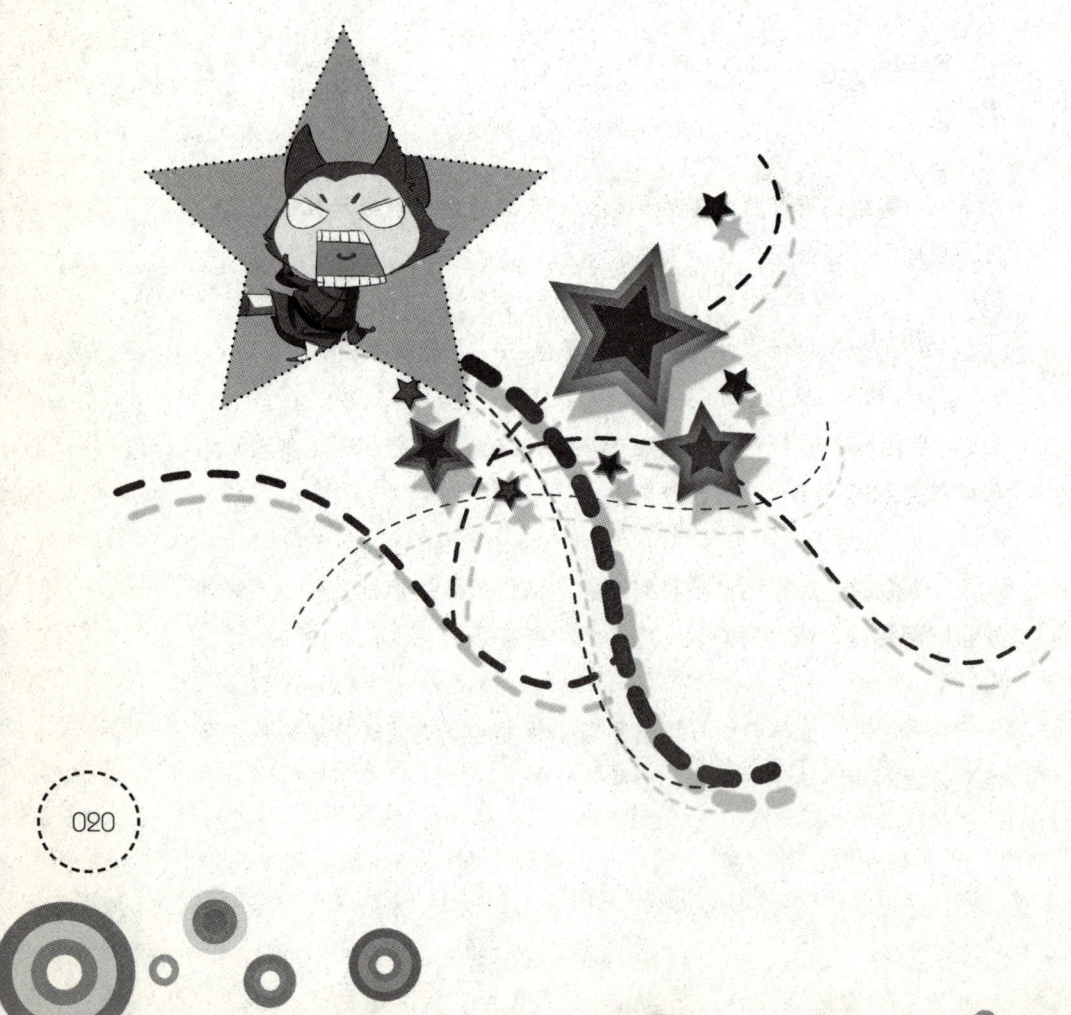

三国人物最需要的东东

曹操
曹操在阵上疼得抱着脑袋:"哎哟,关键时刻,怎能头痛!"贴身谋士程昱急忙递过一盒药:"丞相,头痛请用镇脑宁胶囊!"

刘备
甘露寺相亲之前,刘备先用夏士莲把头发洗得乌黑亮泽,再用佳雪保湿洁面乳蹭脸,他想象孙尚香看着他眼睛像星星:"哇,好细好白哦!"最后,刘备穿上一身柒牌男装:"柒牌西服,让女人心动的男人。"

孙权

孙权经常逼着文武百官喝酒:"干干干!"只有张昭不喝:"干干干,肝可怎么办?"他偷偷把几粒药下在酒碗里:"海王金樽,酒前酒后各服一粒,解酒保肝!"

关羽

关羽经常夜读《春秋》,造成视力下降,眼睛疲劳。于是买了好几箱"润洁滴眼液"随身携带……

张飞

面对长坂桥头曹操大军,张飞先吃了一把"金嗓子喉宝",然后再开个唱!

赵云

刚刚从长坂坡杀回来,一身衣服脏得不能要了!只见赵云使出了杀手锏——雕牌洗衣皂加超能洗衣粉,左洗右洗上洗下洗,自己衣服干净了,可河里的鱼虾……

诸葛亮

诸葛亮舌战群儒,最需要一副铁齿铜牙!正说到兴头上牙"嘎巴嘎巴"全掉了多没面子!于是前一天晚上猪哥对着镜子学周星驰刷牙:"天天朗晨氏,健康亮牙齿!"

周瑜

一旦被诸葛亮气得四脚朝天,鲁肃就赶紧往他嘴里塞速效救心丸……

吕布

吕布对前来说降的李肃说："今年过节不收礼！"可李肃却拎出一包脑白金。吕布："收礼只收……"话音未落就叫李肃拐走了……

董卓

董卓因为太肥被貂蝉甩了，一气之下绝食减肥。李儒："主公您想开点，减肥请用曲美胶囊……"

黄忠

黄忠大战关羽之前，韩玄信不过他："老将军，关羽可不是好惹的，更何况你这把年纪……"黄忠："不用怕！凭我这绝活，一千个来，一千个死！"说完一口气吞下一瓶"盖中盖"，又扒开马嘴使劲往里倒……

马超

马超和张飞单挑了一天，回到营寨。"唉，打了一天，累都累扁了。"说完，"忽悠"一下呈扁片状倒在椅子里。马岱："大哥，你需要全新活力激爽来充电！"马超接过激爽香皂，跑到屋里去洗澡。香皂泡沫涂满全身，扁片马超"噗"一下鼓起来了。他飞快穿上衣服，挺枪跃马冲到阵前："张飞！敢夜战吗？"于是又一场好戏开始了……

甘宁

甘宁和蜀军在长江边交战，却突然犯起痢疾来。他捂着肚子，"哎哟哎哟"大叫着沿着江边到处乱跑。周泰："治痢疾请用苗族草药泻停封！"甘宁一着急吃多了，于是一连几天干燥……

孟获

孟获和诸葛亮交战,由于语言不通,老被诸葛亮当猴耍。他老婆拿出了传家宝:"30天突破汉语听力,步步高复读机,学汉语更容易!"但诸葛亮技高一等,在第29天又把老孟当场擒获……

吕蒙

吕蒙被人嘲笑"吴下阿蒙",从此发愤图强,悬梁刺股。买了个"脑佳佳"天天戴着背书,等孙权来看他时,阿蒙已经能把《辞海》倒背如流了。于是孙权有句特经典的话:"士别三日,当刮目相看!"

阿斗

阿斗被医生诊断为缺锌造成智力低下,于是刘备天天给他灌"补锌口服液"。没想到超过了儿童服用剂量,越喝越傻……

笑里藏刀的雷人古代小笑话，不要笑坏哦

★ **国外使者进献的宝贝**

古时候，有个国外使者前来进献宝贝，皇上问："所献何物啊？"

使者道："此物乃我国稀世珍宝'三色宝珠'。"

皇上问："何谓'三色宝珠'？"

使者小心恭敬地献上宝物，解释道："此珠若用刀切开，外面是褐色，中间呈白色，而里面却是黄红色。所以称之为'三色宝珠'，极其罕见。"

皇上命人呈上来后，仔细瞧了半天，笑道："这不是咸鸭蛋嘛！"

⭐ 他不是人

古时，一富二代仗势欺人、无恶不作，那日又在欺负穷人，秀才前去制止。富二代恶人先告状，说穷人惹他了。

秀才责备穷人说："你们怎么这么不知天高地厚，怎么敢惹'二代'呀，你们知道他是谁吗？他就是孙悟空、三太子、二郎神。"

富二代问秀才："我怎么会是他们呢？"

秀才说："他们是神啊！他们多有能耐！"

富二代一听挺高兴就回家了，穷人问秀才："他欺负人你还把他当神？"

秀才说："说他是神，那他可就不是人了！"

⭐ 多学一门外语

战国时，齐桓公被赵王软禁。

一天半夜，齐桓公带着随从准备出逃。

到城门时发现，天还很黑城门没开，可是追兵很快就会来了。

这时，齐桓公的随从学了几声鸡叫，学得很像，城里的公鸡都跟着叫起来了。

士兵以为天亮了，就把城门打开，他们顺利出逃了。

逃出城后，齐恒公感叹道："多学一门外语就是好啊！"

⭐ 入洞房与结婚的来历

相传在远古的时候，男原始人和女原始人每相隔一段时间就相聚在一起。

如果一个男原始人看上某个女原始人，就会用木棍把她打昏，然后背到他住的石洞里。

这就是最早的"入洞房"。

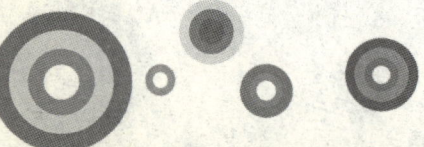

所以结婚的"婚"字就是一个女的被打昏了。

★贵庚与年高
从前，有一个人很怕他的妻子。有一天，趁他的妻子不在家，偷吃了一盒年糕，晚上遭到他妻子的惩罚，把他狠狠骂了一顿，并罚跪到三更才可以睡觉。

他怎么也想不通，自己的命怎么这样不好，便到街上找到算命先生给自己算命。

算命先生问："请问贵庚多少？"

他说："没跪多久，只跪到三更。"

算命先生说："我不是问你这个，我是问你年高几何？"

他说："我还敢偷吃几盒？我只吃了一盒。"

★仆人巧戏吝啬财主
有个财主对仆人很吝啬。

一天，仆人听到秋蝉叫，便故意问财主："这个叫的是什么呀？"

财主："秋蝉。"

仆人："它吃什么呀？"

财主："它吃风喝露水。"

仆人："它穿衣服吗？"

财主："不穿。"

仆人："它跟你在一起最好了。"

⭐ 贪官与收受

有个太守，贪赃枉法，受贿收礼，却自命清廉，门上挂了"贫官"的匾额，衙门镶嵌着"牧爱"的招牌。

一天，太守领着一位老同学参观府衙，指着门上新挂的匾问："这个匾题得怎么样？"

老同学说："不怎么样！'贫官'读不准就成了'贪官'！"

太守又指着"牧爱"的招牌，问："这两个字写得怎么样？"

老同学说："也不怎么样！从下边往上看'牧爱'，越看越像'收受'，不就是收礼受贿的意思吗？"

"啊！"太守一听，傻脸了。

⭐ 讲理不送礼顶个屁用

一个穷人和一个富人到县衙打官司，县太爷一拍惊堂木"啪"，问下面："你们两个有什么事？"

富人抢先回答："回县太爷，不关小人的事，小人是个很讲理的人。"

县官点点头："讲'礼'就好，讲'礼'就好，先一边站着吧！"

穷人一听富人这么说也赶紧主动说："小人也是个很讲理的人。"

县官乐了："你也是很讲'礼'的人，好哇！本县就喜欢讲礼的人。退堂，明天再议。"

第二天升堂后，县官一拍惊堂木："把那个穷人重打四十大板，送进大牢。"

穷人忙喊冤枉："小人是个讲理的人。"

县官一甩袖子："讲理不送礼，有个屁用，退堂。"

★ 祭了地神

古时候,有兄弟俩,大的富,小的穷。

弟弟问哥哥:"你怎么会这样富呢?"

哥哥答道:"我宰了猪羊,用了八只脚的祭品,祭了土地神,所以才有今天呀。"

弟弟便把哥哥的话告诉妻子,妻子说:"我们屋里有两条凳子,也是八只脚,可以算作猪羊来祭土地神呢。"

弟弟认为很对,便抬起凳子虔诚地向土地神祭祀。

土地神大怒,骂道:"凳子怎么能吃?"

土地婆出来打圆场:"算了,虽然吃不得,留下坐坐也好。"

★ 敢跟我玩文字

两男犯了强奸罪,知县受理此案。

知县:"你等为何伤风败俗行如此不堪之事?"

其中一男子长得尖嘴猴腮的,立马指着另一名男子叫嚣道:"都是他,知县大老爷,都是他害我干的,我是一时信其才一时兴起就一时性起了。"

知县:"哼,还敢跟我玩文字,医师,刑起!"

★ 今天的课程必须背会

从前,有位老师自己开了个私塾,天天教孩子们"四书五经",时间长了,就没什么可教的了。

正在这时,一只老鼠从洞中探出头来,于是老师就喊道:"露头仄。"

孩子们也喊道:"露头仄。"

老鼠听声吓得缩回了头，老师说："缩头仄。"

孩子们喊道："缩头仄。"老鼠吓得顺墙根就跑。

老师说："律着墙根跑也。"

孩子们喊道："律着墙根跑也。"

老师说："这就是今天的课程，明天大家必须会背，放学吧。"

其中一孩子回家背读。他说："露头仄。"

一小偷正把头伸进他家窗里，小偷一听紧忙缩回了头，孩子读道："缩头仄。"

小偷一听吓得顺墙根就跑。孩子读道："律着墙根跑也。"小偷一听，跑得更快了。

★刘罗锅与和　互讽

刘罗锅与和　一次共行，突有一只乌龟从其面前走过，和　便当即说道："刘大人呀，你看那只乌龟如不背其身上那壳，那多轻松呀！"

刘罗锅一听便知其意，反笑道："和大人有所不知呀，你看，它如若不背那壳的话，怕就是不'合身'了吧？"

★多吃它可以润肺

古时侯，有个财主请客人到饭店吃饭，一会儿工夫，有个客人把满满一盘核桃吃得见了底，没办法，只好又要了一盘，他忍不住问道："你怎么只吃核桃？"

客人答道："多吃它可以润肺。"

主人皱着眉头说："你只管自己润肺，却不管我心疼。"

★没病走两步
扁鹊见蔡桓公，立有间。扁鹊曰："君有疾在腠理，不治将恐深。"

桓公曰："寡人无疾。"

扁鹊："走两步！没病走两步！"

★聪明制止秦始皇的残暴行为
秦始皇为了在北方修长城抽调了很多壮丁。一日，天开始下起雨来，秦始皇怕长城会被雨淋垮，下令要剥人皮来遮城墙。

许多人都被吓坏了，在大家一愁莫展之际，一个叫黄俅的人想了一个妙招，他叫大家死命地吃辣椒，每个人都被辣得流汗。

黄俅告诉秦始皇："人皮不能挡雨呀。"

他把大家的衣服撩起来露出肚皮："你看人的肚皮在渗水，说明人皮会漏水。"

于是，秦始皇只好放弃自己的残暴主意。

★我三十多年才长这么大
一日，一个财主要盖一座猪舍，请来一师傅动工，建成后又要让师傅说祝福的话，师傅长得又高又大，便说："希望你的猪能长得像我这么大。"

财主听了非常高兴，可是师傅又说了一句："我三十多年才长这么大！"

★唐伯虎戏祝枝山

一天,他与祝枝山一同去县城游玩。祝枝山那天肚子不舒服,在街上东张西望,一会儿捂肚子,一会儿拉裤子。唐伯虎见了,他想戏弄一下祝枝山。趁祝枝山不留神,拿起画笔在一道墙上画了几笔,一个整洁漂亮的厕所出现在祝枝山面前。祝枝山立即冲向厕所,"砰"的一声,额上撞得鲜血直流。

★泥好剑

有一个铁匠,用一些好泥和铁来铸剑,十年才铸剑完毕,剑是铸好了,可还少了个名字,铁匠看着这把剑的材料,想一想,便取名为泥好剑。当这个铁匠把剑进贡给皇上时,皇上问:"这把剑的名字叫什么?"

铁匠回答:"泥好剑(你好贱)。"

当天那个铁匠就被杀头了。

★因为爱卿不会轻易悲伤

古时,有一个小国,因战事频频导致国库不支。

皇帝慌忙叫来朝中一个大臣,命其将自己家产充公,以做军费。

大臣不愿却也不敢抗命,只怯怯问了一句:"朝中大臣那么多,为何是我?"

皇帝走到他的面前,拍拍他的肩膀说:"因为爱卿,不会轻易悲伤……"

★因为笑里藏刀

一外地人来到秦国都城,发现一个怪现象。城中无论什么人,都

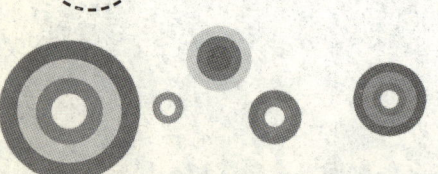

板着一张脸,不苟言笑。听说都城在禁刀,禁个刀咋就弄成这样了?

外地人悄问路边神情严肃的小贩:"你们这是怎么了?"

小贩:"禁了。"

外地人更奇:"禁了?连笑也禁了?"

小贩:"这个字也不能说。"

外地人讶然:"为啥?"

小贩附耳:"因为笑里藏刀。"

《三国》人物病例

诸葛亮
病因：风湿性关节炎。
病征：长期坐轮椅。

关羽
病因：皮下组织毛细血管过多。
病征：红脸。

张飞
病因：眼睑部肌肉失调症。
病征：睡觉不闭眼。

魏延
病因：颅后骨质增生症。
病征：多"反骨"一块。

祢衡
病因：先天性狂躁加脂肪过多（许褚疑也有此症）。
病征：怕热、喜裸体。

夏侯惇
病因：失明（意外）。
病征：独眼。

司马懿
病因：眼白蛋白质过多，远视（老花眼）。
病征：鹰视狼顾。

姜维
病因：胆囊过大，胆囊结缔组织增生症。
病征：胆大如鸡子。

杨修
病因：舌头过长，舌面平滑肌失调症（简称长舌）。
病征：口舌招扰。

周瑜
病因：先天胸腔过窄，肺活量不足。

病征：肺活量低（简称小气）。

孙权
病因：毛发黑色素变异。

病征：紫髯。

曹操
病因：癫痫、中风、歇斯底里等（少时曾发作，然不予重视，反疑其叔，及长遂成巨祸）。

病征：很多，如头痛、忌医、胡言乱语，严重时会梦中杀人。

刘备
病因：四肢骨架发育失调。

病征：双耳招风，手长过膝、髀肉增生等。

司马师
病因：眼部癌症。

病征：眼部肿瘤。

董卓
病因：过度肥胖，血脂肪过多，胆固醇超量。

病征：脐上点灯，可三日不熄。

邓艾
病因：口吃。
病征：哎哎哎哎哎……

吕布
病因：嗜睡症。
病征：在最关键的时候竟然睡着了。

吕蒙
病因：不明（尚待解剖）。
病征：离奇死亡。

张苞
病因：内出血不止（意外，马失前蹄，跌下山涧）。
病征：骨折，内脏受损。

少帝
病因：药物中毒。
病征：高度机密。

刘禅
病因：后天性智障（意外，先于长坂坡在赵云怀中为其抵挡曹兵箭雨，惊吓过度；长时间被闷在赵云怀中，缺氧过度；最后被刘备摔在地上，引起轻度脑震荡）。
病征：不胜枚举，如"乐不思蜀"等。

袁绍
病因：早期帕金森症候群。

病征：举措失当。

赵云
病因：胆脏过多，不正常增生，异于常人。

病征：一身是胆。

何进
病因：妄想症兼耳骨疏松症。

病征：妄想外镇进京可以尽诛宦官，妄想宦官不敢杀大将军……

竹林七贤等
病因：长期滥用药物，首开世界雅痞流行风。

病征：长期服用五石散等精神科药物。

袁术
病因：糖尿病。

病征：死到临头仍想喝蜜水。

孙尚香
病因：虐待狂或受虐狂。

病征：洞房中放满了兵器？

吴国太
病因：老年痴呆症。

病征：竟真的把女儿嫁给刘备……

夏侯杰
病因：精神过度紧张，胆囊过小。
病征：张飞怪叫一声就把他吓死了。

王朗
病因：高血压，脑中风。
病征：不顾年纪已大，还要和诸葛亮斗嘴，结果血管爆裂而死。

贵妃，你就喂李白吃几个馍馍吧
——小心别噎着

荆轲，把秦武阳的地图给我拿来

秦王对荆轲说："起来吧，把秦武阳的地图给我拿来。"

荆轲手捧地图拿到秦王面前，朗声说道："该地图只有主人粉丝可以访问，请问大王是否立即加关注？"

秦王："……"

李白要贵妃磨墨

"李爱卿，朕命你写诗助兴。"

"皇上，写诗可以，还请贵妃为我磨墨。"

"哈哈，才子就是才子，要求都这么独特。来人哪，上馍馍，贵妃你就喂李白吃几个吧！"

正在下棋
仆人:"先生,府上派人来接了,说有要紧事。"
主人正在下棋:"现在我正在生死关头,到底谁要紧?"

唐伯虎赞媳妇
唐伯虎才高八斗,可媳妇却是草包。
一次回娘家,来到媳妇以前住过的房间,唐伯虎赞言道:"夫人闺房,极尽别致呀!"
媳妇:"滚犊子!"
唐伯虎一头雾水,媳妇继续:"你敢骂老娘我是乌龟,你以为老娘我听不出来啊?"

舌头
主人对他的黑人佣人说:"你去宰一只羊,把最好的部分给我们端上来。"
于是,佣人端来了羊舌头。
第二天主人又对他说:"你再宰一只羊,把最坏的部分给我们端上来。"
这次,佣人端来的仍然是羊舌头。
主人问他为什么,他说:"说好的没有比舌头更好的,说坏的没有比舌头更坏的。"

急性子主人

有一个人性子很急,仆人有了过错,他令仆人下跪,准备责打,连喊:"拿板子来!拿板子来!"板子没拿来,他急得要命。

仆人见他急成这样,便替他想了个法子,对主人说:"那就先打我个嘴巴子应应急吧!"

漂亮的女佣

年轻漂亮的女佣向女主人请辞:"家里的人都对我好,我好为难。"女主人不解。

女佣羞涩道:"老太爷要我当续弦,老爷要我做小,少爷要带我私奔……我好为难啊!"

《三国》诸人逗你玩儿

1.

董卓得到貂蝉后爱得不得了，对貂蝉简直有求必应。

一次，貂蝉回了一趟娘家，回来后董卓让李儒先去迎接，自己赶紧更衣随后赶到，却听见李儒对貂蝉说："没有，已经有好久没有了，看样子最近也不会有。"

董卓听了大怒，赶紧跑上前对貂蝉说："亲爱的，没事。很快就会有了，我已经让吕布去拉回来了。"

接着董卓把李儒拉到一边，咬牙切齿地对他说："貂蝉要什么，我就能给什么，永远不要对她说我没有，应该说吕布已经去弄，很快就会有了，听到没？"

李儒吓得脸色苍白连连点头，董卓火气稍微平息了一些，问道："对了，刚才貂蝉要什么呀？"

李儒回答："她问我这里最近有没有下过雨。"

2.

话说刘备去江东，被安排在孙权宅邸旁边住下，刘备担心孙权害自己，于是再次搞起了韬光养晦，不过这次不是种菜，而是养鸡。孙权看了后觉得不错，于是也要周瑜给自己弄几只好让自己也学学。

周瑜弄了一箱子小鸡呈献给孙权，孙权开箱取鸡，不小心箱子破了。

第二天，孙权写信给周瑜说了这件事："我一路追进刘备的院子，可是只追回了十一只。"

周瑜回信道："主上这次没有吃亏，因为我只呈献了六只。"

3.

司马徽："啊！"

刘备："先生，怎么了？"

司马徽："使君的坐骑好像是传说中的凶马'的卢'，如不舍弃，将来必受其害。"

刘备："谢谢先生提醒，不过我不信迷信的。"

刘备走后——

林芝："爹，人家要的小白马搞到了没有吗？"

司马徽："不要急。"

赵云："有人在家吗？请问有没有见到我家主公——"

司马徽："哎？将军，你的坐骑好像是传说中的凶马'的卢'呀……"

4.

"小童，诸葛先生在否？" 刘备问。

"家师给人下葬的看风水去了。"

"……"

"小童，诸葛先生在否？" 刘备问。

"家师去邻村收笔烂账去了。"

于是刘备去了邻村，打算去寻一下诸葛亮。

"嗨，诸葛忙人啊。"刘备叹道。

"这个老弟可是诸葛先生？"

"亮不才。这个大耳兄可是刘皇叔？"

"正是在下。"刘备紧握住诸葛亮的手久久说不出话来。

"皇叔慢讲。"

刘备热泪盈眶，回头对关羽和张飞说道："兄弟们，我们终于可以不用三缺一了。"

5.

曹洪："丞相你看，那个敌将又杀回来了！"

夏侯惇："今天已经是第七次了吧，他不累呀？"

曹操："可恶啊！一定要把我的人马全部杀光才肯罢手吗？"

在乱军中奋战的赵云："张飞这个狗日的！让我殿后又不给我地图！长坂桥到底在哪儿呀？"

6.

话说刘备、关羽和张飞三人去看相，相士看了刘备说："嗯，你人白心也白。"看了看关羽说："你人红心也红。"然后转脸看向张飞。张飞说："我有事，先走了！"

7.

从前,有一个吝啬鬼财主,临死前,把两个儿子叫到跟前,问老大:"我死后,你打算怎么办我的丧事啊?"

大儿子答道:"父亲,您一生视钱如命,儿我也不敢破费,既要把您的丧事办好,又要少花钱。我打算买两个烧饼,给您一只脚上挂一个。再找两条野狗,就可以把您拖走了。"

财主大怒:"混蛋,两个烧饼不也得花钱嘛!"说完,就问老二:"我死后,你又是怎么打算的啊?"

老二看老大的办法不行,想了想就说:"您虽然省吃俭用,可您老却膘肥体大,可以煮了卖肉,既给您办了丧事,又可以赚一笔钱。"

"好!好!"财主赞叹道,顿了下,又嘱咐道,"你要注意,卖肉时,千万别卖给你的老舅。"

二儿子问:"为什么?"

"因为他老赊账,不给钱!"

8.

新上任的县令是山东人,因为要挂帐子,他对师爷说:"你给我去买两根竹竿来。"

师爷把山东腔的"竹竿"听成了"猪肝",连忙答应着,急急地跑到肉店去,对店主说:"新来的县太爷要买两个猪肝,你是明白人,心里该有数吧!"

店主是个聪明人,一听就懂了,马上割了两个猪肝,另外奉送了一副猪耳朵。

离开肉铺后,师爷心想:"老爷叫我买的是猪肝,这猪耳朵当然

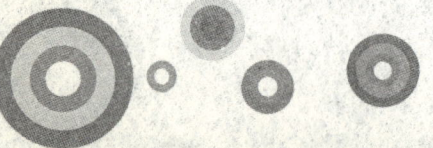

是我的了……"于是便把猪耳包好,塞进口袋里。回到县衙,向知县禀道:"回禀太爷,猪肝买来了!"

知县见师爷买回的是猪肝,生气道:"你的耳朵哪里去了!"

师爷一听,吓得面如土色,慌忙答道:"耳……耳朵……在……在我……我的口袋里!"

恶搞《三国》人物手机被偷后的处理方法

　　周瑜陪小乔逛街时二人走散,想打手机时发现手机丢了,曰:"周郎妙计安天下,陪了夫人丢手机!"

　　孟获手机被偷,但当场抓到了小偷,大声斥责道:"敢偷我,也不去打听打听,老子可'进去'过七次,不要命了?"

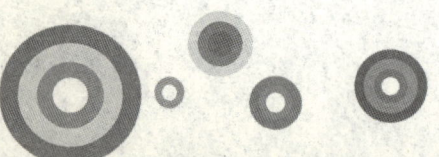

貂蝉手机被偷了。没关系,她回去一说,第二天就有一大群人争着送她新手机。面对十几款手机,貂蝉微微一笑。

刘备手机被偷后痛哭三天三夜……最后,诸葛亮实在受不了,买了部最新型的手机给他,他才破涕为笑。

曹操在餐馆里手机被偷,轻叹一声:"宁叫我负天下人,莫叫天下人负我!"然后乘人不备,抓起别人的手机飞跑。

关羽在酒吧里喝酒,突然发现有人偷了他的手机,立刻飞身追出去,把小偷痛扁一顿,连小偷的手机一块儿抢了回来,然后回去继续喝酒,旁边的曹操还直夸他:"云长真是厉害,此酒尚温!"

张飞在公交车上手机被偷,小偷尚未下车,于是他大喊一声:"给我把手机放下!"吓得车上多人晕倒,十几人将手机扔到地上,张飞随手拣了一个,拿回家了。

赵云手机不慎被偷,他痛下决心,死也要抓住小偷。于是他连续七天蹲点守候,一共抓获小偷50余人,捣毁犯罪团伙2个,抢回3部手机,最终被授予"一身是胆赵子龙"的称号,并送"反扒能手"锦旗一面。

诸葛亮手机被偷后,他写下文章一篇,名为《手机表》:"手机使用未半,而中道被偷;今售价三千,囊中羞涩,此诚危急存亡之秋也……"最终文章获奖,奖金5000元,另送最新手机一部。

大小乔的经历告诉我们：有才有钱长得又帅的男人，一般没法陪你到最后

1.
刘备的经历告诉我们：集团总裁，完全可以从摆地摊做起。

2.
诸葛亮的经历告诉我们：进私企，其实比进国企更有发展空间。

3.
吕布的经历告诉我们：频繁地跳槽，直接导致没老板敢录用你。

4.
庞统的经历告诉我们：长得太丑，可能会影响你的应聘效果。

5.

马谡的经历告诉我们：专业课学得再牛，工作时基本用不上。

6.

杨修的经历告诉我们：在职场上，总搞得比领导高明，你会死得很惨。

7.

甘宁的经历告诉我们：有不良前科，不影响你考公务员。正所谓，英雄不问出处。

8.

袁绍的经历告诉我们：如果市场自由竞争，国企未必干得过私企。

9.

曹操的经历告诉我们：想在市场上大有作为，必先高举国家政策。

10.

关羽的经历告诉我们：即便你是MBA(工商管理硕士)，一时营销失误，可能让你输给一个跨专业的。

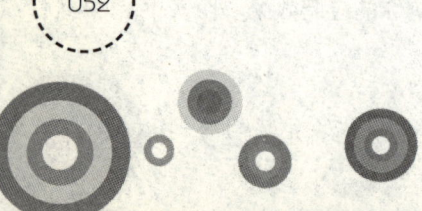

11.

夏侯惇的经历告诉我们：自残，的确很有威慑力。碰到这种二货，哥也怕。

12.

蒋干的经历告诉我们：证券市场上，庄家放出的利好，一般都是为了套你。

13.

公孙瓒的经历告诉我们：擅泳者必呛水，玩火者必自焚；股市有风险，入市须谨慎。

14.

大小乔的经历告诉我们：有才有钱长得又帅的男人，一般没法陪你到最后。

15.

刘禅的经历告诉我们：大型企业被兼并，高层管理者肯定会关注员工的心理动态。

16.

姜维的经历告诉我们：双学历，有时比考研更具竞争力。

17.

黄月英的经历告诉我们：学得好，不如嫁得好。

18.

刘表的经历告诉我们：身体是革命的本钱。你再牛，一旦死了，就会有人睡你的老婆，花你的钱，打你的娃。

19.

赵云的经历告诉我们：个人实力再强，若只想着高薪，结果只有一个：有职业，没事业。

20.

司马家族的经历告诉我们：为人打工，不如自己创业。

21.

孔融的经历告诉我们：让梨是一种美德，也是一场作秀，是从小就策划好为自身提高知名度的一种做法。谨记：出名要趁早。

22.

张飞的下场告诉我们：要善待员工，若是长期压制奴役，必将得到报复，即使不报复也会导致集体罢工或跳槽。

23.

于吉的经历告诉我们：神鬼可以不信，但不可以不敬。

24.

黄忠的经历告诉我们：年龄并不是问题，关键是要有实力。千万别小瞧老员工，有时候会干得比年轻人更出色。

25.
刘禅的经历告诉我们：富二代自己没有本事，即使有再牛的职业经理人也难免被兼并的命运。

26.
二乔的经历告诉我们：嫁人别只顾对方有权有势，一心嫁入豪门，但未必就有好的结果。

27.
曹植的经历告诉我们：职场有时没有兄弟，只有利益！

28.
周公瑾的经历告诉我们：遇到和自己旗鼓相当的对手时，要沉得住气，扬长避短。不要把个人的成败输赢盖过了大局的利益！

29.
曹嵩的经历告诉我们：儿子是否亲生并不重要，关键在于有没有潜质，只要是人才花再多钱培养也是值得的。

30.
三顾茅庐告诉我们：一个人有没有文凭、工作经验并没有关系，主要是会懂得推销自己，自我炒作提高知名度，到时候自然有人提款上门高薪聘请，同时别忘了耍耍大牌，更能提高身价。

31.
董卓的下场告诉我们：儿子是不能乱认的，尤其是有前科的，更何况自己是大款，为得家产甘当孙子的都有。

32.
曹孟德的经历告诉我们：企业要做大做强，就是要不断地收购兼并，打压个体工商户！

33.
陈宫的经历告诉我们：老板找好员工难，好员工想找一个好老板值得为他卖命的更难。

34.
魏延的经历告诉我们：跳槽不能太盲目，尤其是被老板的得力助手看不顺眼，这种公司没有发展前途，与其继续做下去不如再次跳槽。

35.
关羽的下场告诉我们：搞好人际关系至关重要，不能看不起别人，尤其是老板的干儿子或小舅子之类的，哪怕自己跟老板是亲兄弟，也不能歧视老板看中的人。

36.
袁术的经历告诉我们：冒充国企会死得很惨……

37.
张角的事迹告诉我们：农民企业家，不好做啊……

38.
典韦的事迹告诉我们：当你辛辛苦苦拼命的时候，老板却可能在泡烂妞。

39.
木牛流马告诉我们：先进的机械设备是必需的，不但可以提高工作效率，还可以节省人力资源。

40.
赤兔马的事迹告诉我们：名牌的东西就是不一样，哪怕是二手的，照样会有人花高价，哪怕是当奢侈品摆在家里，也可以显示出主人家的尊贵富有。

41.
诸葛亮告诉我们：大型企业光靠个人能力是很难突破业绩的，要懂得如何管理、分配、开发下级员工的能量，给予重任，才能培养出优秀的团队，以防人才短缺。

42.
华佗的经历告诉我们：光有专业技术是不够的，关键是还得经过国家认证，五证齐全，要有经过临床实验，小私人诊所或游医是很难给人安全信任的。

43.
孙权的经历告诉我们：有时候守业比创业更难。

44.
汉献帝的经历告诉我们：当家族企业被亲戚朋友或外姓人参股，而股份大过自己时，最终肯定是要更换董事长的。

45.
阿蒙的经历告诉我们：在企业中如果没本事，要跟就跟有本事的头儿，这样才能成就吴下阿蒙。

46.
曹操请徐庶的故事告诉我们：人才的恶性竞争是可以不择手段的，哪怕到了自己公司白拿薪水不干活，也不要将他让对手抢了去搞策划，影响自己的企业前途。

47.
诸葛叔侄告诉我们：与其在同一家公司吃同一锅饭，不如各自在一家公司。

48.
王允告诉我们：不管多大型多么有实力的企业，只有存在有私人利益的人员，给予调拨分化，都是可以把它整垮的。

49.

刘表和刘璋的结局告诉我们：当企业做到小有成就时，忽然有一个自称是亲戚或朋友的要进来合股投资或来打工的，都要戒备以防自己一手创办的公司会转手送人。

51.

袁氏兄弟企业告诉我们：家族企业更应该和睦、和气、团结，不该搞分裂、解体，否则会导致没落。

52.

孙尚香的下场告诉我们：当自己老公跟自己娘家的企业进行恶性竞争发生冲突时，不管站在哪边都是很为难的事情。

53.

貂蝉的经历告诉我们：傍什么样的男人都无所谓，不管老少美丑，最主要的是要有实力。

54.

董卓的经历告诉我们：在分公司做副总，不如在总公司做经理。

55.

马超的经历告诉我们：自己没能力单干时，不如找一个英明的老板跟着他干。

56.

郭嘉的经历告诉我们：红颜薄命不如天妒英才。

57.
华雄含泪告诉我们：千万别把关公错听成公关，混淆视听，犯低级错误，以致低估了对手的实力。

58.
黄盖告诉我们：挨打也是一门学问，关键在于演技，演得越像得到的报酬越高，同时还有机会升职。

59.
官渡之战告诉我们：剑拔弩张下的对峙，很可能就是对手为击败你而在寻找新的思路。警匪战就是好的例子！

60.
《三国》的战士告诉我们：没有钱权，永远只是一枚棋子，任人摆布宰杀，只有勇于就义才能改变命运。

非常不敢说的古代笑话,笑死人罪过大了

⭐ 谁让你许他日子

从前,有一个财主特别吝啬,从不请人客。一日,有朋友路过,在门口遇到财主的儿子,揶揄财主的儿子说:"你爹啥时候请客?"

"让我爹请客,等下辈子吧!"财主听了,大怒,鞭打儿子,并说:"谁让你许他日子!"

⭐ 不奉承

有个富人在穷人面前摆架子,说道:"我家有千金,你为什么不奉承我?"

穷人说道:"你自富你的,与我有什么关系?我为何要奉承你?"

富人说:"那么,如果把我的钱财分一半给你,你奉不奉承我?"

穷人回答说:"如果你五百我也五百,我和你的财产就相同了,我还奉承你干什么?"

富人又问:"那我把财富全部送给你,你还能不奉承我吗?"

穷人答道:"你千金一个不剩,而我有了千金,那你就该来奉承我了。"

⭐ **跑东跑西**

一个僧人为死人超度,索银三钱,包送到西方。有位妇人超度亡夫,给的银子不足,僧人念经时便念成东方。妇人不高兴,责问和尚,和尚说是因为银子不足,妇人只好补交了银子。僧人便改念西方。

妇人哭道:"我的天!只为了几分银子,累你跑到东又跑到西,好不苦啊!"

⭐ **长得快**

有个人家里很穷。早晨起来,没有米,只好煮些荇菜叶充饥。过了一阵,他去赴富人家的宴席,因空腹饮酒太多,呕吐起来,吐出一些荇叶。

他怕别人嘲笑,便指着荇叶说道:"好奇怪!我早上吃白汤时,用了不多几个莲子,为何一会儿工夫,就长出了小荷叶?"

⭐ **雷公失职**

有不孝子顶撞父亲,雷公要把他打死。不孝子抓住雷公的手说:"且慢打我。我先问你,是新上任的雷公,还是原来的雷公?"雷公

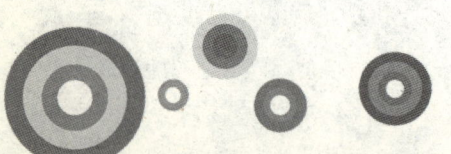

说:"你问这个干什么?"

不孝子说道:"若是新上任的雷公,我活该打死;若是原来的雷公,当年我父亲顶撞我爷爷的时候,你干什么去了?"

★不受拜

有个童生并无学问,靠给钱进了学宫做生员。刚进学宫时,照例到孔子庙拜谒,孔子从座上走下来向他答礼。

学生说道:"今天是弟子拜夫子,您理应坐下受礼。"

孔子道:"你是孔方兄的弟子,不是我的弟子,我绝不受你拜!"

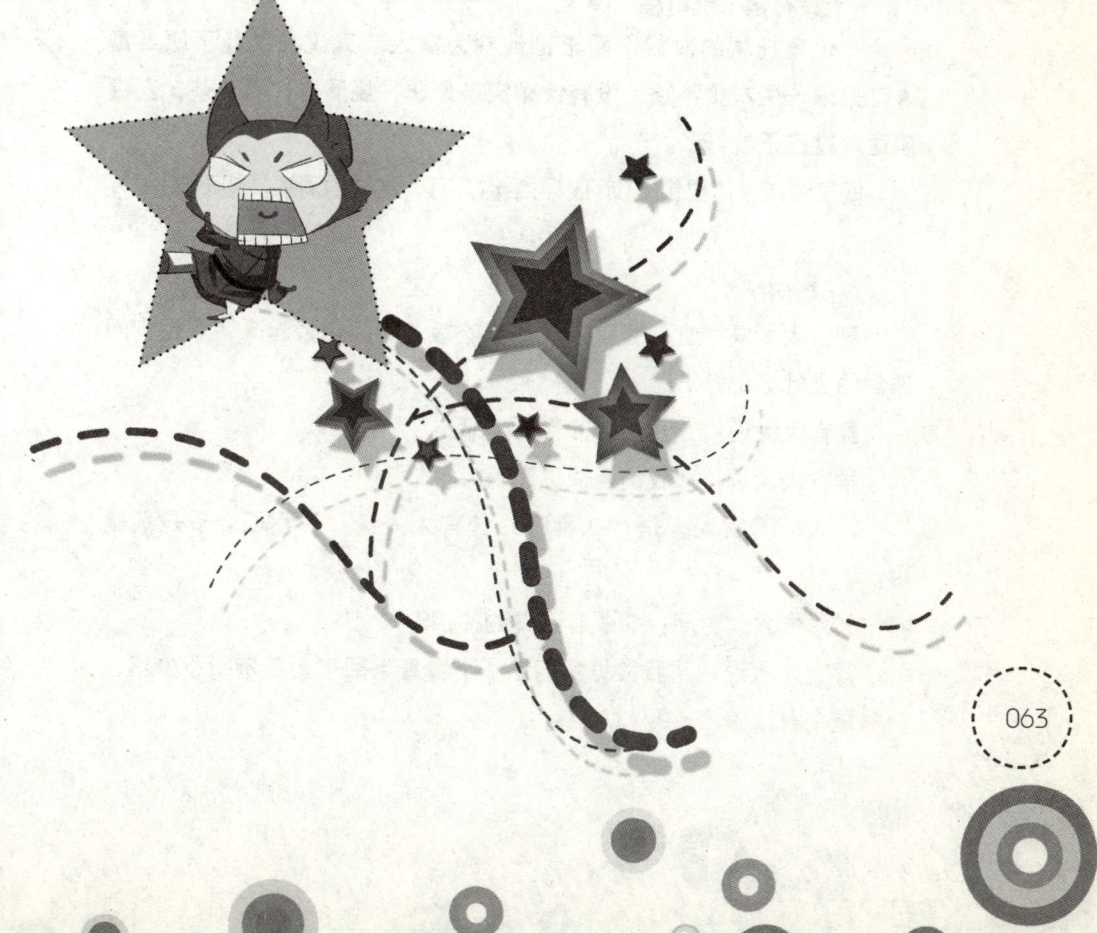

⭐ 做梦

旧时未入学宫做生员的读书人称童生。有个童生想入学宫，先求梦问是否能考上。

梦中有神问他："你祖父、父亲中过进士做过官吗？"

他答道："没有。"

神又问："你家里很有钱吗？"

他又答道："没有。"

神笑道："既然这样，你还做什么梦！"

⭐ 只有银子没有福

一个鬼托生的时候，阎王把他判为富人。鬼说："我不愿当富人，只求一生衣食不缺，没有什么灾难是非，烧清香，喝苦茶，安稳闲适地过日子就行了。"

阎王说道："要银子倒可以再给你几万，这样的清福，却不享！"

⭐ 称谓

县官太太同学官、营官太太一起吃饭，席间闲谈起来，互相询问诰封的是什么称呼。

县官太太说："我们老爷称文林郎。"

学官太太说："我们老爷称修职郎。"

二人问营官太太是什么称呼，营官太太说："我们老爷是黄鼠狼。"

另两位太太忙问："哪有这样的称谓？"

营官太太说："我常见我们老爷下乡查场回来，总带回不少鸡，自然是个黄鼠狼了。"

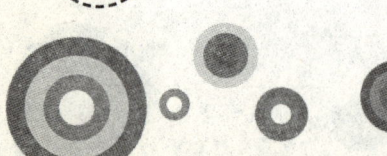

⭐ 戒赌

从前,有人在赌场上见到一位豪客,赌兴很大,意气风发,自称精通各种赌博秘诀。下注一掷百万,昼夜不倦。

有人看到他的手指有一根曾截断过,看伤痕像是刀切的,就试探着问他是怎么回事。他说:"那是我过去戒赌时剁去的!"

⭐ 秘方

杭州吴山有个人专卖各种神奇秘方。很多人围观,有人用三百枚铜钱买了三条秘方:第一条是怎样发家致富;第二条是怎样饮酒不醉;第三条是怎样使身上的虱子断根。

卖方人拿起这三条秘方,层层包好,很慎重地交给买主,并告诉他:"这方法很灵,但你千万别外传。"买主捧回家,打开一看,第一条上写着:"勤俭。"第二条上写道:"早散。"第三条上写着:"勤捉。"

⭐ 请解手

当年有兄弟二人,父亲死后,兄弟分了家。哥哥为人精明而弟弟愚笨。哥哥在十字路口建起一个厕所,每年就获利不少。弟媳妇不忿,骂自己的丈夫没出息。

于是弟弟也在路口建起一间厕所,用石灰粉刷墙壁,刷得很干净,还画上图画。过路的人都误以为那是间庙宇,没有人进来解手。

第二天,弟弟只好在路口等候。一有人来,他便迎上前去,可过路人并不进他的厕所。他只好说:"各位请来解手!"众人答道:

"没有。"弟弟急了说:"如果没有屎,放两个屁也行!"

⭐ **财命相连**

一个老翁看见江边石滩上有枚铜钱,便过去捡,正赶上急涨潮,老翁没来得及逃出来,被淹死了。

第二天,他的尸体随一块大木头浮出了水面,手中还握着那枚铜钱。看见的人叹道:"这老翁真懂得财命相连的道理啊!"

⭐ **南洪北孔**

有一个人胸无点墨,却偏偏喜欢附庸风雅,处处炫耀自己。

有一次,朋友们在一起谈论戏曲,说到清代戏剧家洪升和孔尚任,他们分别是浙江人和山东人,所以称"南洪北孔"。

这个人一听,也马上插嘴说:"对!对!是有个'南洪北孔',除了他俩,听说还有个'南辕北辙'呢!"

★瘦长袜

古时布袜很宽大，在膝间束住，像后来的和尚穿的那样。但有一阵子人们以穿窄袜为时髦，把长袜做得很窄，称为"笔管袜"。

有个买袜子的人要赶时髦，挑了几双，老是嫌宽。店主不耐烦了，说道："您要想称心如意，为何不去找漆匠？"买袜人不解其意，店主道："您不用穿袜，只用白粉把两条腿刷白了，岂不更妙？"

★听先生话

有个人酒色过度患了病，医生说："你这是用酒、色两把斧子劈柴，身子怎能受得了？今后必须戒了才行。"病人的妻子在一旁使眼色。

医生会意，便转口说："即使不能戒色，酒是一定要戒的。"病人说："色伤身子比酒还厉害，该先戒色。"

他妻子忙插言道："郎中先生的话你不听，病怎能好？"

★老君说谎

太上老君说："诵经千遍，身腾紫云。"有个道士对此深信不疑，天天诵经，打算驾云升仙。

诵到九百九十九遍时，便沐浴登坛，告别亲友，等待腾去。他又诵一遍经，凑够了一千之数，直等到天晚，竟一丝云也没有。

道士便指着太上老君的塑像叹道："谁料到你这么老大年纪也会说谎！"

★贼裁缝

吴中发大水,将淹没城池,官民都很恐惧。忽然来了个法师,有退水之法。只见他步罡踏斗,口念咒语,大呼道:"急退!"

守城的来报告官府:"水已落了一尺了!"过了一会儿,法师又念咒,大呼道:"急退!"守城的又来报告:"又落了一尺了!"

官听了报告笑道:"这不是个法师,简直是个贼裁缝,眼看着便落了二尺了!"

★买四两

一个人见挑担卖肉的经过,便大声呼唤:"拿肉来!"卖肉的放下担子,拿起秤来问道:"官人要用几斤?"

那人粗声粗气地说:"像我们这样的人家,还问什么斤数,你只管将这条腿称来就是了!"卖肉的称完后说:"官人,这条腿九斤四两。"那人说:"也罢,我要四两,其余的都还留给你。"

★作祭文

一个人死了岳母,便找一个教书先生代作祭文。教书先生找来古文,误抄了一篇祭妻的文章交给他。那人看了觉得不对,便去问教书先生。

教书先生说:"这篇文章是书上印的,怎么会错?只怕是你家死错了人,这就不关我的事了。"

★刷马桶

甲、乙二人都惧内,乙到甲处诉苦说:"我老婆近来做事更狠,到晚上连马桶都要我刷。"

甲听了气愤道:"这像什么话,若是我——"话未说完,甲的妻

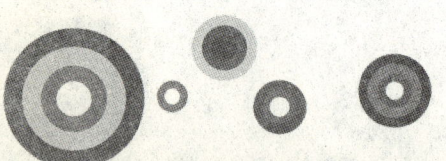

子在背后大喝一声道:"是你便怎样?"

甲不觉跪了下来,说道:"若是我——就刷了!"

★ 暂时路过

唐代大历年间,荆州人冯希乐最善溜须拍马。他去拜访长林县令,县令留他喝酒。

席上,冯希乐极力吹捧县令的政绩,还说由于县令仁义之风的感化,连虎狼也不在该县作恶,而是纷纷离开长林。正说话间,忽然有人来报告有老虎吃人,县令便问冯希乐是何缘故,冯希乐答道:"这肯定是暂时路过的。"

★ 搬弄坏了

有个人尊奉儒、道、佛三教,摆塑像的次序是孔子居中,太上老君在其次,释迦佛祖在第三。

有道士看见了,便把老君搬到正中上位。僧人来了,又将释迦移到中间。这三位圣人相互说道:"我们本来好好的,却被这些人搬弄来搬弄去,把我们都搬弄坏了。"

★ 送上门去

钟馗专门喜欢吃鬼,过生日时,他妹妹给他送礼,礼单上写道:"酒一樽,鬼两个,送与哥哥做点剁;哥哥若嫌礼物少,连挑担的是三个。"然后打发一个鬼挑着礼物送去。

送到后,钟馗命人将三个鬼全都送给厨子烹了。担上的鬼看着挑担的鬼说:"我们死是原本脱不了的,可你为何要挑这个担子?"

★争雁

从前有兄弟二人,看到大雁从头顶上飞过,便要拿弓射。将射之时,哥哥说:"射下来,煮了吃。"

弟弟反对说:"鹅才好煮了吃,大雁应该烤着吃。"二人争论不已,只好去让村里的长者评判。长者让他们把雁分成两半,一半煮,一半烤。判完后,兄弟俩再去找雁,大雁早就飞得无影无踪了。

★动手

有个叫商则的,在虞丘县做县尉,该县县令是个贪财枉法之徒。

有一天,县里举行宴会,众人喝得高兴,县令、县丞等都起身手舞足蹈,而商则只是回过身去,不动。县令问:"你怎么不动手?"

商则答道:"长官动了手,副职也动了手,只剩下一个县尉,如果再动起手来,百姓还有活路吗?"

★可不敢说

五代时大臣冯道的门客讲读《道德经》的头一章,有"道可道,非常道"的句子。

但是"道"是冯道的名字,古人读书说话要避长者名讳,以示尊敬,门客遇到"道"字,为避讳便改成"不敢说",于是《道德经》上那句话便读成了:"不敢说,可不敢说,非常不敢说。"

★岭南女子

岭南之地,不论贫富人家,女子都不以针线纺织为本事,而是让她们干厨房里的活。擅长煎炒烹炸的,才被人看作好女子。

当地百姓在一起商议子女婚事时,常说:"我女儿若论裁衣、补袄,一点儿也不会,但若摆弄起水蛇、黄鳝来,那可是一条胜似一条的!"

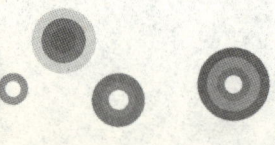

三国经典笑话

长坂坡退敌
张飞睁圆环眼,挺枪立于桥上。面对曹操的百万兵,高兴地大吼一声:"欢迎来到长阪坡旅游度假村,过桥收费,每位十元!"

曹操吓得带领百万兵,掉头就跑。

白帝城
诸葛亮:"主公还有何心愿未了?"

刘备:"我不明白,先生当年的《隆中对》不是说我能一统天下吗,为什么竟会失败?"

诸葛亮:"《隆中对》嘛,在隆中自然是对的,不过到了别处就……"

话未说完,刘备已然驾崩。

为子取名

曹操很欣赏孙权,曾说:"生子当若孙仲谋,就我那些孩子,呸!"所以他的儿子取名曹丕。

孙权则很欣赏诸葛亮,所以他的儿子取名孙亮。

刘备却是一直对当年见过的貂蝉念念不忘,所以他的儿子取名刘禅。

诸葛抚琴

西城上,诸葛亮一曲奏罢,余音绕梁,听得城外的十五万魏军如痴如醉。

诸葛亮:"谢谢大家,每位请交门票费一两。"

魏军大惊,片刻之间,十五万人走得一个不剩。

三道锦囊

却说诸葛亮升帐,交众将每人三道锦囊,言驻军后拆一,阵前拆一,危急时拆一,俱依计而行,又嘱不得提前私拆。众将唯唯领命。

独张飞心中不服,暗骂军师装神弄鬼,"某现在便拆,却又怎的?"于是刚离营便拆了第一道锦囊。只见上写:"私拆锦囊,记过一次。"

张飞大奇:"他怎知我会私拆?"于是又拆了第二道锦囊,只见上写:"二拆锦囊,杖责四十,再拆定斩不饶!"

张飞大怒:"斩便斩了,哪个怕他。"又拆了第三道锦囊,只见上写:"三弟勿惊,愚兄已向军师求情,弟性命无忧矣。"

关羽大战曹月娥

话说一天,刘备大军攻打曹营,前锋大将不是别人正是关老二。

老关开路到城下叫阵,由于老关曾有过五关斩六将的战绩,所以城上无人敢出去与之匹敌。

曹操在城上这个急呀,这不是卷我面子吗?

这时曹操的妹妹曹月娥说道:"哥,实在不行的话我去吧!"

曹操:"妹,你行吗?"

月娥:"没事儿,打我打不过他的,咱来文的,我看那猴屁股脸也就一文盲。"

曹操:"成,你可悠着点儿。"

曹月娥带兵出城。

老关一看:"娘儿们?"

还没等老关说话,曹月娥双手在空中画了一个圆,然后看着老关。

老关一时纳闷:"什么意思?"

随后双手上下一拉,作了个回复动作。

曹月娥一看:"啊呀,你行啊!"

曹月娥伸出了一根手指。

老关也不含糊,伸出了三根手指。

曹月娥双手又在腹前画了一个弧。

老关急了,一甩袖子走了。

曹月娥回城后曹操赶忙问:"咋样啊?妹妹,你赢了?"

曹月娥说:"对不起哥,我输了。"

曹操忙问:"咋能输呢,他不文盲吗?快说说咋回事。"

曹月娥说:"我跟他比文采,没比过他。我说我哥是一轮红日,他说他哥才高千尺;我说我哥一人之下万人之上,他说比不上他们桃园三结义;我说我哥是满腹经纶,他说他哥两袖清风。我实在比不过他。"

此时,老关回营刘备也急问道:"咋样啊,二弟。赢了没?"

老关:"赢了!"

刘备:"咋赢的?说说。"

老关:"她上来就请我吃大饼,我说我偏要吃面条;她说一碗撑死我,我说三碗也挡不住;她说要吃撑了咋办,我说用不着你管。"

哥们儿穷疯了,聊一聊古人看看自己有多幸福

　　王后为了害死白雪公主,决定制作世界上最毒的毒药。她找来了鹤顶红、蛇、蜈蚣、蟾蜍和壁虎,在一起熬制,熬完之后她问魔镜:"够不够毒死白雪公主了?"魔镜回答:"不够。"王后又问:"那怎么才够毒呢?"魔镜道:"添蝎!(天蝎座)"

　　三国时诸葛瑾领军在外驻守南郡,因为其二弟三弟都在蜀国,其子诸葛乔也已过继给诸葛亮去了蜀国,加上堂弟诸葛诞又在魏国,有人向孙权进言,称诸葛瑾有通敌之嫌,孙权听后笑道:"孤知道子瑜绝不是通敌之人,只是最近流行裸官罢了!"

话说如来封八戒为净坛使者，八戒为自己不是佛感到不公平，如来责备他一路上妄动色心，有损佛性。八戒忿然道："我也就是动点贼心，那招瘟的猴子一路上频频进入女性腹中，连他嫂子都不放过。这样的都能当佛，我为什么不能？"

刘备为吕布所败，单身逃往许昌，途中借宿一家猎户，猎户名为刘安，得知刘皇叔来到，家里却没啥野味招待，于是杀了自己的妻子给刘备吃，刘备一边吃一边问："此乃何物，如此美味？"刘安答曰："老婆饼！"刘备顿时感激涕零，继续问道："还能再来壶女儿红吗？"

公元前212年，在罗马军队的围城战术下，锡拉库萨终于被攻陷。一名罗马战士攻入阿基米德的屋子，正看见阿基米德在地上画着几何图形，战士大怒，一剑刺死了他。望着阿基米德的尸身，战士一边擦拭剑身的血迹，一边说："本来不想杀你这老头，结果你居然敢画个圈圈诅咒我们！"

曹操与刘备青梅煮酒论英雄，当曹操说到天下英雄唯有他和刘备之时，刘备惊慌之间将筷子掉落到了地上，正巧此时一道闪电划过，刘备趁机捡起筷子，讪讪道："最近闯红灯太多，一看到闪光就肝儿颤！"

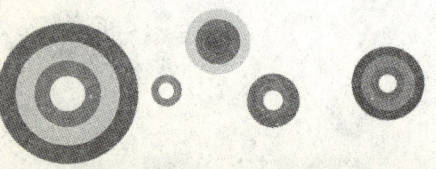

《三国》名人的个性搞笑签名

1.

曹操：起事源于脸白，立业归功心黑。

2.

刘备：以哭会友，贵在泪流。

3.

关羽：做事争取红极一时，脸儿保持红极一世。

4.

祢衡：走光不可怕，裸光有代价。

5.

张飞：看《让子弹飞》，不如欣赏让老张飞。

6.

赵云：常胜的秘诀，在于能够遇到一个常败的对手。

7.

黄忠：学会卖老，但不倚老。

8.

司马懿：害人之心常常有，防人之心不能无。

9.

诸葛亮：轻易不出场的是大腕，累死在舞台上的也是大腕。

10.

徐庶：做个哑巴容易，有口难言最难。

11.

周瑜：心有多窄，世界就有多小。

12.

黄盖：挨打的日子，要比打人的日子快乐。

13.
鲁肃：老实人不吃亏，但不想吃亏的绝对不是什么老实人。

14.
董卓：学不好语文不可怕，学不会"三角"害死人。

15.
吕布：不爱主公爱美人，不恋江山缠红尘。

16.
蒋干：可以正大光明地偷心，千万别鬼鬼祟祟地偷信。

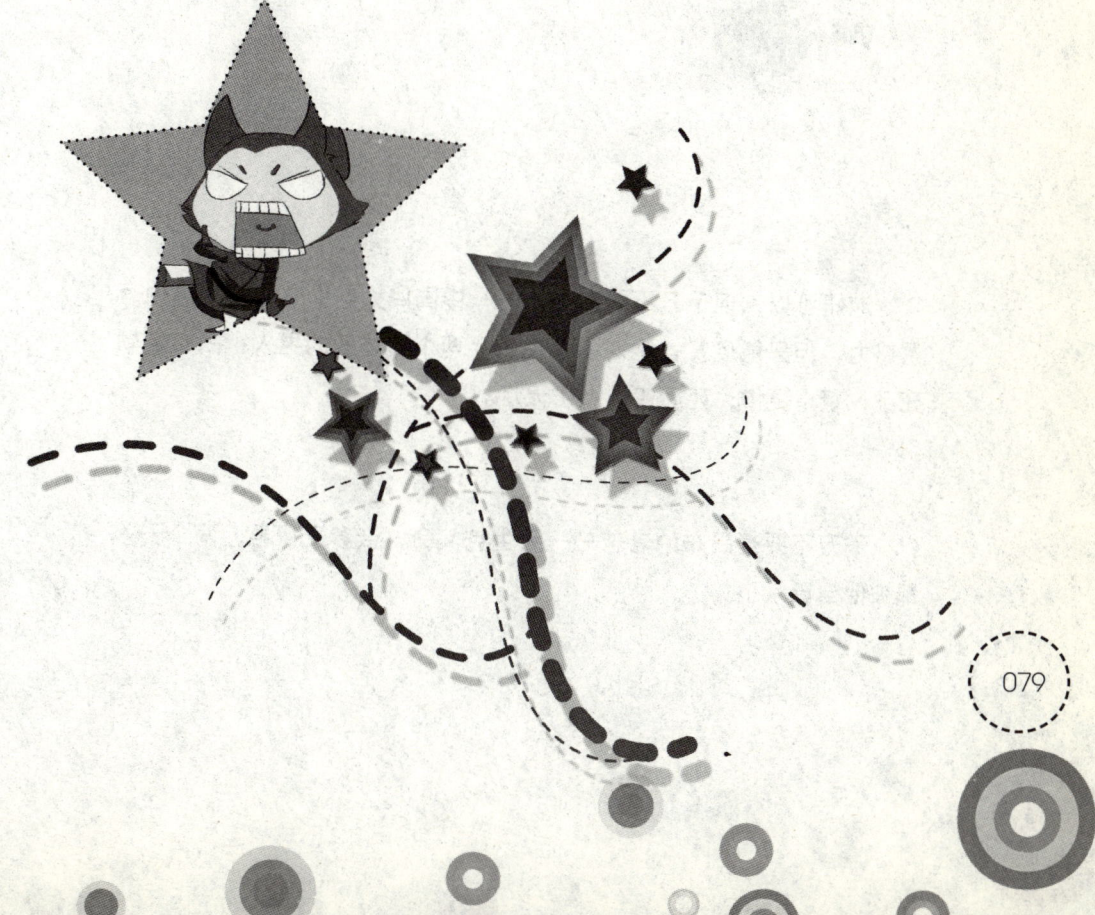

《三国》"可做"与"不可做"的事

 泡妞可以,但千万不要泡貂蝉——中国四大美女之一,的确很有诱惑力,但只能欣赏,绝对不能追她。两个追过她的男人,吕布被勒死了,董卓更惨,死后还被点了天灯。

 千万不要当吕布的老爸——天生克父命,亲爹死得早,两个干爹都被他自己杀了。

要嫁人千万不要嫁给刘备——"兄弟如手足，妻子如衣服"，这就是刘备的人生格言。即使甘心成为"衣服"也不见得有好下场，糜夫人跳了井，孙尚香跳了江，我早就说过刘备"五行缺水"！

娶媳妇是好事，可千万别娶乔国老的女儿——别以为娶美女就有福，娶大乔的孙策26岁就玩完了，娶小乔的周瑜也只活到36岁，想多活几年最好还是娶个丑女吧！（黄月英就不错，最起码诸葛亮比周瑜多活了20多年。）

参军光荣，但千万不要当张飞的兵——张三爷心情不好的时候就是爱喝点儿酒，喝完了就醉，醉了就打人，打谁呀？鞭打士卒啊！士卒者，小兵也。在他身边当兵吃饷可有生命危险。再说就算张三爷是心情好，但万一哪天打仗的时候想起来用点儿计谋，那就更糟了，张三爷用计基本上是一个特点，假装喝酒，然后假装喝醉，最后还是打人。

打工可以，可千万别当曹孟德的侍从——曹孟德"梦中好杀人"，不知道哪天会犯性子，从床上跳起来就把你给宰了。

请客没错，可千万不要请曹孟德——为了你和你家人的生命安全，就算钱多到没处花，也别请曹阿瞒吃饭。吕伯奢好心款待他，他倒好，把人家全家都杀光了，灭门惨案！

虽说君子动口不动手，但千万不要和诸葛亮辩论什么——无论什么事，诸葛亮永远是对的，和他争是没好处的。东吴群儒被他说得哑口无言，倒霉的王朗和他"单挑"，结果被骂死了，真正让人体会到了什么是"唇枪舌剑"。

抓俘虏有功，但千万不要抓孟获——因为抓一回是没有用的，你接下来还要抓他六回，累不累啊？

借东西千万别借给刘备——俗话都说了："刘备借荆州，有借没有还"。

救死扶伤是医生的天职，但千万别给曹孟德看病——吉平、华佗哪个有好下场？

对照上面的内容，还有几件特别应该做的事：

要当兵就要当甘宁的兵——生命有保障，劫营带出去一百人，回来还是一百人。

要嫁人就要嫁给吕布——人长得帅，还顾家，曹孟德都打到门口了，还能安心地在家陪老婆。

要搭档就要和赵云搭档——冲锋时赵云会冲在前面，你只要掠阵就行了；撤退的时候赵云会替你断后，你只要先走就行了；你被包围的时候赵云还来救你，你只要还没死就行了；领功劳的时候赵云会分你一半，你只要站在他身边就行了。

借东西就借给鲁肃——人家是诚实君子，老实人一个，借给他放心。

看病就替关羽看——人家不用你打麻药（替你省钱），临走给你一大笔医药费（不要是你的事）。

抓俘虏就要抓刘禅——你不动手他就自己来投降了，而且被抓以后还特别老实。

《三国》笑话

⭐ 想关羽

曹操潼关战马超,割须弃袍大败而归,因此在大帐中不停地叹气。

张辽:"丞相,你叹什么气啊?"

"哎!"曹操道,"我在想,如果关羽还在我手下就好了。"

"是啊!"张辽点点头,说道,"若有云长在此,定能斩马超于马下。"

"我倒不是这个意思。"曹操捋了捋只剩下半截的胡子,道,"今天马超喊'长胡须的是曹操,抓长胡须的曹操',要是关羽在的话……他的胡子比我长多了,我还用得着这么惨吗?"

⭐甘露寺

吴国太："人言刘皇叔长得奇丑无比，看来全是胡说，仲谋你看，刘皇叔竟长得如此英俊潇洒、威武雄壮，简直是当世的美男子……"

孙权："母亲，你看错了，那是刘备的部将常山赵云赵子龙，旁边那个才是刘备。"

吴国太："啊？那这样一看，刘备还真是长得很丑。"（早叫刘备相亲的时候不要带赵云这种小白脸去，带张飞去不就行了。）

⭐穷刘备

孙尚香拽着刘备的耳朵，问道："你是不是说过，兄弟如手足，妻子如衣服，你把我当什么？"

刘备："夫人，不要生气嘛。因为我当时穷，没想到将来还能有新衣服。"（过去穷人家，一辈子也就一两件衣服。）

⭐老黄忠

关羽兵取长沙，太守韩玄派老将黄忠出战，两人大战数十回合不分胜负，突然黄忠马失前蹄，败下阵来。

韩玄："为什么会输？"

黄忠："我忘了喂马，没办法，年纪大了总爱忘点事儿。"

韩玄将自己的马让与黄忠，并命他箭射关羽，黄忠仍然无功而返。

韩玄怒道："为什么不放箭？"

黄忠："我又忘了带箭了，没办法，年纪大了总爱忘点事儿……"

韩玄大怒，道："你这老糊涂，我留你何用，拉下去砍了！"

黄忠："等一等，我还有一件很重要的事要告诉你！"

韩玄："快说！"

黄忠："嗯……好像……大概是……我又忘了。"

韩玄："气死我了，快把他拉下去，斩首！"

魏延："韩玄你残暴不仁，轻贤慢士，拿命来！"

黄忠："对了，我想起来了。韩大人，我想说的就是魏延早就想杀你了，要小心呐！"

韩玄："啊……"

★庞德抬棺战关羽的真相

士兵甲："我们庞将军干吗要抬着口棺材去打仗？"

士兵乙："你还不知道吗？庞将军已经当了棺材连锁店的形象代言人了。"（明星做广告，切记注意自己形象，不要给钱就干。）

★空城计
司马师:"父亲,诸葛亮的琴声太难听了,我受不了了。"
司马懿:"七煞琴音!没想到诸葛亮居然是六指琴魔的传人,赶快撤军!"(武侠小说看多了吧。)

★单刀赴会
鲁肃宴请关羽,关云长未带兵马,单刀赴会,酒过三巡后。
鲁肃:"关君侯,这荆州……"
关羽:"没……没问题!不就是几……几座城池嘛,我老关一……一句话的事儿。"
"那就多谢了,这点小意思不成敬意!"鲁肃连忙往关羽口袋里塞红包,临走还亲自把关羽送上小船。
几天后,荆州。
鲁肃:"君侯,你上次不是答应还荆州了吗?怎么能言而无信呢!"
关羽:"我喝醉酒说的话你也信?"(记住不要在酒桌上谈重要的事。)

★七擒孟获
诸葛亮:"孟获你已经七次遭擒,为何还是不降?"
孟获:"下次,下次您再抓住我,我准投降。"
诸葛亮:"为什么一定要下次?"
孟获:"下次就凑满八次了,八就是"发",是我的幸运数字。"
诸葛亮当场昏倒。(对这种人没什么可说的,拉下去砍了就得了。)

★斩颜良诛文丑

颜良:"来将通名!"

关羽:"……"

"什么?大声点!听不见!"颜良说着往前凑了几步。

关羽:"……"

"再大声点儿,还是听不清!"颜良说着又往前凑了凑。

关羽:"嗯!现在正好够得着。"说着手起刀落,斩颜良于马下。

一个月后,文丑:"来将何人?"

关羽故作神秘地说:"你知道颜良是怎么死的吗?"

文丑:"哦?不知道。"

关羽:"近前来,我告诉你。"

文丑乖乖地凑过去,伸长了脖子问:"他是怎么死的?"

"就是这么死的!"关羽说着把青龙大刀一挥,只听"咔嚓"一声,世界清静了!

★三顾茅庐

刘备:"我是来找诸葛先生的。"

小童:"有预约吗?"

刘备:"啊?没有。"

小童:"先生不在,下次再来。"

刘备无奈,只好过了几天二顾茅庐。

刘备:"诸葛先生在吗?"

小童:"有预约吗?"

刘备:"有,上次说好的,今天见诸葛先生。"

小童:"好,诸葛先生在里面,交五十两银子咨询费,自己进去吧。"

刘备往里走,没见到诸葛亮,只见到了诸葛均,于是出来问小童,道:"我预约是见诸葛亮先生,他怎么不在?"

小童数着银子,不慌不忙地说:"你只说见诸葛先生,我们这里诸葛先生多了去了,过几年你也可以称呼我为诸葛先生。"(小童是诸葛亮家的亲戚。)

★温酒斩华雄

曹操:"果然好身手,此酒尚温。"

关羽:"我就是嫌酒太烫,我都砍了一个了,这酒还没凉,算了,出去再砍一个再说。"(原来关羽喜欢冰镇饮料。)

★七步诗

曹丕:"吾今限汝行三步吟诗一首,不然就拉出去斩首。"

曹植:"不行,太少了,十步!"

曹丕:"四步!"

曹植:"九步!"

曹丕:"五步!"

曹植:"八步!"

曹丕:"六步!"

曹植:"跳楼价,七步!"

曹丕:"成交!"

曹植:"好!煮豆燃豆萁,豆在釜中泣,本是同根生,相煎何太急!"(讨价还价这么长时间,早想好了。)

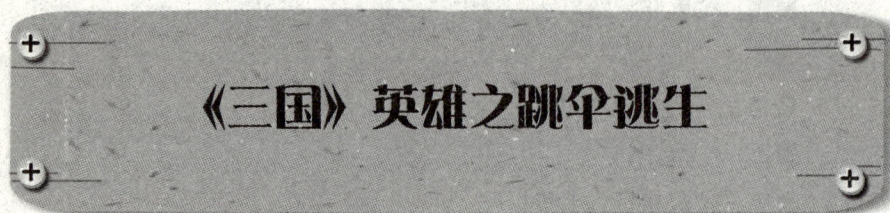

《三国》英雄之跳伞逃生

话说有一次诸葛亮、刘备、孙权、曹操四人同乘飞机,突然遇到紧急情况,需要跳伞逃生,这时候才发现飞机上只剩下三个降落伞包。大家一阵紧张,这时只见诸葛亮摇摇羽毛扇,清清嗓子说:"这样吧,山人出几道题,能答上来的,就跳伞,答不上来的只好自己跳下去了。"其他人没办法只好同意。

诸葛亮再摇了摇羽毛扇问刘备:"天上有几个太阳?"

刘备一想简单,回答:"一个。"于是拿了个伞包跳下去了。

诸葛亮再问孙权:"天上有几个月亮?"

孙权回答:"一个。"他也拿了个伞包跳下去了。

最后轮到曹操,诸葛亮问:"天上有几个星星?"

曹操一怔,回答不上来,只好自己跳下去了,没想到竟然跳在了海里，捡回一条命，曹操暗自庆幸。

第二次又是四个人坐飞机遇到紧急情况，四人一商量，还是老办法吧。

诸葛亮又摇起羽毛扇问刘备："当年周武王战败纣王的那场战役是？"

刘备一想简单，回答："牧野之战。"诸葛亮点点了头，于是刘备拿了个伞包跳下去了。

诸葛亮再问孙权："那场战役死了多少人？"孙权想了想说："大概有三四万。"诸葛亮点点头，孙权拿了个伞包也跳下去了。

曹操不禁偷笑，想："诸葛亮呀诸葛亮，本人可是贯古通今，尤其是军事，这次你可是栽了。"

只见诸葛亮问："战士们都叫什么名字？"

曹操一听差点没晕过去，只好自己跳下去了，没想到竟然又跳到了海里，再次捡回一条命，曹操暗自得意。

第三次同样四个人坐飞机，飞机再次遇到了紧急情况，曹操一想，诸葛老儿又要整我，干脆我自己跳下去算了，免受侮辱。于是一横心，跳了下去，在空中高速下降中，只听得上面诸葛亮对他喊："孟德，今天飞机上有四个降落伞！"

我是狗尾，所以摇一辈子

1.
某人想向一个财主借牛，于是派仆人给财主送去一封借牛的信。财主正陪着客人，怕客人知道自己不识字，便装模作样地看信。他一边看，一边不住地点头，然后抬头对来人说："知道了，过一会儿我自己去好了。"

2.
从前有个地主，专门挑选了一个爱占小便宜的人当跑腿，果真替他刮了不少钱。有一天，地主家大少爷掉到井里淹死了，地主只好叫跑腿的去买棺材。跑腿的趁棺材铺老板不注意，在大棺材里藏了一口小棺材运回来。地主一见，气得大骂："弄两口棺材干啥用？"跑腿的忙说："有用，有用！大的装大少爷，小的以后好装小少爷！"

3.

一个当官的被妻子踏破了乌纱帽,很生气,便上殿启奏说:"臣启奏陛下,臣之妻蛮不讲理,昨天与臣相争,竟然踏破了臣的纱帽!"皇帝说:"卿须忍耐。皇后近来心情不好,与朕一言不合,把皇冠也打得粉碎。"

4.

有个大官去游寺庙。喝酒喝得兴起,吟起唐人诗句:"又得浮生半日闲。" 一老僧在旁,边听边笑。大官问他为什么笑,他说:"您得半日闲,老僧却为此预备了整整3个月。"

5.

有一教书先生坐船,艄公与其攀谈起年庚,就问教书先生属相,教书先生回答说属狗,又问月份,答说正月,艄公于是感慨道:"我也属狗,但是是12月的。先生是狗头,所以叫(教)一辈子,我是狗尾,所以摇一辈子。"

我爱苏东坡的肉

春秋战国时代,身无分文的王老五听说孟尝君养了三千食客,决定去投靠孟尝君。到了孟尝君府门口,府内寂静得一点儿声音也没有,恰巧见孟尝君步出门口,王老五躬身拜地说:"晚辈不才,愿拜在孟公门下。"

孟尝君:"呵呵,不敢承当!"

王老五:"晚辈谢过孟公,敢问孟公,食客府在哪儿?"

孟尝君手指东边一处府第。

王老五:"嗯?为何不见诸客们?"

孟尝君:"现是午饭时分,大家都各自回家吃饭去了。"

一个富家之子去考试,父亲事先考了他一下,成绩很好,满以为一定能录取了,不料榜上竟没有儿子的名字。
　　父亲赶去找县官评理。县官调来考卷查看,只见上面淡淡一层灰雾,却看不到有什么字。
　　父亲一回家便责骂道:"你的考卷怎么写得叫人看不清!"
　　儿子哭道:"考场上没人替我磨墨,我只得用笔在砚上蘸着水写呀。"

　　众士兵:"渴……渴……"
　　曹操:"大家再坚持一会儿!我曾经到过这个地方,记得附近有一座梅林,再走一会儿可能就到了。"
　　众士兵:"噢,有梅子吃呀!哦耶!"
　　半个时辰后,曹仁:"主公,探险队找到了大量的水源!"
　　曹操:"哈哈哈哈,大家听到了吗?终于有水喝啦!"
　　众士兵:"不去……一定要找到梅子……"

　　有几个秀才在谈论苏东坡。
　　一个说:"我喜爱东坡的诗。"
　　一个说:"我喜爱东坡的赋。"
　　这时来了一个屠夫,说:"我也最爱东坡。"
　　那两个秀才听了说:"你一个杀猪的,爱上先生的哪一点呢?"
　　屠夫答道:"我最爱东坡肉。"

大清帝国兴盛之时，一尚书，一侍郎，一御史恰巧凑一处。文人天性，说笑文字，任意挥洒，正得意时，见一狗徐徐走来，幽默从此开始……

尚书说："是狼(侍郎)是狗？"

尚书即是以此句骂了侍郎，说侍郎是狗。

侍郎也是百里挑一的文字好手，岂甘下风，略一沉吟，道："大人数十年的书是白读了，竟不识得狗与狼？狗与狼有不同者二：其一观其尾，下垂是狼，上竖(尚书)是狗。"

好一个才思敏捷的侍郎，生生又骂了回去，说尚书是狗。此话把尚书弄了个大红脸。偏偏这御史不晓事，不知道下一句正为等他，御史劈头就问："那这其二做何解释啊？"

侍郎抬头一笑，缓缓地道："狗与狼不同之其二则是，狼只吃肉，而狗则遇肉吃肉，遇屎(御史)吃屎。哈哈哈哈，如此而已！"

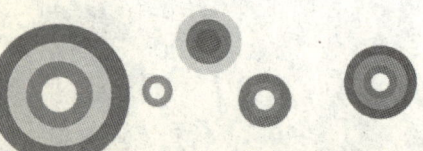

古代小笑话
——他们怎么说你什么都知道?

★ 华而不实

齐景公对晏子说:"东海里边,有古铜色水流。在这红色水域里边,有枣树只开花,不结果,什么原因?"晏子回答:"从前,秦缪公乘龙船巡视天下,用黄布包裹着蒸枣。龙舟泛游到东海,秦缪公抛弃裹枣的黄布,使那黄布染红了海水,所以海水呈古铜色。又因枣被蒸过,所以种植后只开花,不结果。"景公不满意地说:"我装着问,你为什么对我胡诌?"晏子说:"我听说,对于假装提问的人,也可以虚假地回答他。"

★晏子发笑

齐景公往牛山游览，向北登临齐国都城时，突然哭道："人生怎么像奔腾咆哮的流水，离开这美好的山河而死去呢！"艾孔、梁丘据听了，也哭泣起来了。晏子却在发笑。齐景公怒问他为何发笑。晏子回答："如果使贤能的国君长久地据守齐国，那么，太公、桓公将长久地据有齐国了；如果让勇猛的国君长久地占有齐国，那么庄公、灵公将要长时间地享有齐国了。那么，您怎么能得到国君的宝座而立身于世呢？而您偏偏独自因为这事流泪伤情，这是不符合仁义道德的。不仁道的国君我看到一个，谄谀的近臣我见到两个，这就是我私自发笑的原因啊！"

★晏子数罪

齐景公喜欢捉鸟玩，便派烛邹专门管理鸟儿，可是烛邹不慎让鸟飞逃了。景公大为恼火，下令杀死他。晏子说："烛邹有三条罪状，让我数落他一番。然后再杀，让他死个明白。"齐景公高兴地说："好。"于是把烛邹叫进来。晏子便一本正经地说："烛邹！你知罪吗？你为国王管鸟却让它逃走，这是第一条罪状；使国王为了鸟而杀人，这是第二条罪状；这事传出，让天下人认为我国重小鸟而轻士人，败坏我们国王的名誉，这是第三条罪状。你真是罪该万死！"说完，马上请求景公下令斩杀。可是景公却说："不要杀他了，我接受你的指教了。"

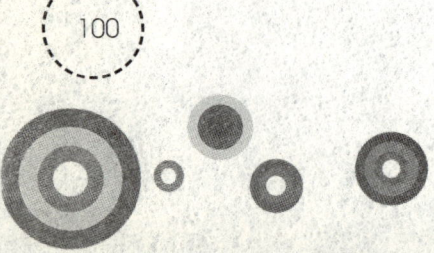

★华子爱病

宋国有个叫华子的人，中年得了健忘症，家属向史官求卜，史官不给占卜；向巫人祈祷，巫人不给希望；向医生求治，医生不给治疗。

鲁国有位儒生说："这个病本就不是占卜所能去掉，祈祷所能消除，药物所能痊愈的。我试着改变他的思想，这样或许能痊愈吧。"于是，让华子睡在露天，病人就索要衣服；让华子挨饿，病人就索要饭菜；让华子住进幽暗的室内，病人就索要阳光。儒生高兴地对华子的儿子说："你父亲的病可以治了。但是我的处方是秘密的，不能告诉别人。请让我单独与病人住7天。"儿子同意了。结果华子多年的健忘症一下治好了。可是，华子成了明白人后，竟大为愤怒，说："以前我得健忘症，空荡荡不知道天下事的有无。现在突然记得以往的事，数十年来的存亡、得失、哀乐、好坏，搅得我的心里好不烦躁。我担心将来的存亡、得失、哀乐、好坏还要扰乱我的心灵，那可贵的健忘症，哪怕只有很短的时间，还能够再得到它吗？"

★小孩辩日

孔子去东方游历，见两个小孩在争论。孔子问他们争什么。

甲孩说："我认为太阳刚出来时离人近，中午就离人远。"

乙孩说："我认为太阳出来时离人远，中午反而近。"

甲孩说："太阳刚出来像马车上的遮阳伞那么大，中午就像盘子那么小，这岂非说明：大是因为近，小是因为远吗？"

乙孩说："太阳刚出来时人觉得很凉快，到中午人就觉得很热。难道不是远了觉得凉，近了觉得热吗？"

孔子愣住了，不能解答。两个小孩笑道："谁说你是有学问的人呢？！"

★ 只见金子

齐国有个日夜梦想获得金子的人。一天清晨,他穿戴得整整齐齐,直奔卖金子的店里,见了黄澄澄的金子,伸手夺了就走。差役逮捕了他,问道:"许多人在场,你为什么公开抢夺别人的金子?"这人回答说:"我拿的时候,只看见金子,没看见人。"

★ 杨布打狗

杨布穿着白褂子出去。天下雨了,他脱下外衣,只穿着黑衣衫回家。他的狗以为是陌生人,汪汪乱叫。杨布火了,就要打狗。哥哥杨朱走出来,拉住弟弟说:"别打别打,你怎么能怪狗呢?要是让狗出去时一身白毛,回来时变成一身黑毛,恐怕你也一下子认不出来吧。"

★ 日光献王

宋国有个农民,见识很少,一生只是披着破麻袋片熬冬。有年春天,他到东村干活,独自晒在太阳下,感到非常温暖。回家后便对妻子说:"太阳光晒在背上这样温暖,别人大概还不知道,如果拿去献给国君,一定会得到重大的奖赏。"

★ 法术不灵

有个人说自己掌握长生不死的法术,燕国国王闻讯,就派使者去向他学。还没有学成,那个自称掌握长生不死术的人就死了。燕王对使者非常生气,打算把他杀死。有个宠臣劝解道:"人人都怕死爱生。那个自称掌握长生不死法术的人自己先死了,又怎能保证您大王不死呢?"燕王这才没杀那个派去学法术的使者。

⭐ 学习偷抢

宋国的一个穷人向齐国的一个富人请教致富的办法。富人说:"原来我也很贫困。现在日子过得富裕,因为我每天辛辛苦苦偷呀、抢呀。第一年生活就能维持,第二年已吃穿不愁,第三年我家就粟满囤谷满仓了。"穷人听了,也不问清楚他怎样偷抢的,就回到家乡动起手来。每天晚上,他翻墙挖洞,大肆盗窃,家里居然也富足起来。不料官府捉赃将他判罪,连家里原来的破旧什物也统统没收。这个小偷刑满释放后,跑到齐国把那富人着实埋怨了一顿。富人笑道:"唉!你把我的意思误会了。我是抢天的季节,偷地的资源。种庄稼,建房屋,捉野兽,捕鱼虾,我从自然界把它们偷了,抢了,这是光明正大的呀!那些私人的财物,是人们用劳力取得的,只属于他们自己。你去偷抢,当然犯罪了。你怨谁呢?"

★孔子吃饭

孔子被围困在陈国与蔡国之间,整整10天没有饭吃。有时连野菜汤也吃不上,真是饿极了。学生子路偷来了一只煮熟的小猪,孔子不问肉的来路,拿起来就吃;子路又抢了别人的衣服来换了酒,孔子也不问酒的来路,端起来就喝。可是,等到鲁哀公迎接他时,孔子却显出正人君子的风度,席子摆不正不坐,肉类割不正不吃。子路便问:"先生为啥现在与在陈、蔡受困时不一样了呀?"孔子答道:"以前我那样做是为了偷生,今天我这样做是为了讲义呀!"

★也是逃兵

敌人双方对阵,战鼓一敲,开始交锋厮打。不久,一方丢盔弃甲,掉头就逃。有的士兵逃了一百步停下,有的逃了五十步停下。逃了五十步的士兵大声嘲笑那些逃了一百步的士兵:"嘿嘿,怕死鬼,逃得比兔子还快!"

★月偷一鸡

有个人每天偷邻居一只鸡。别人劝诫道:"这不是君子应该做的行为。"

他便说:"那么让我先少偷一些,改为每月偷一只,到明年再停止偷。"

★齐人自夸

有个齐国人,每次外出总是酒足肉饱而回。他的大、小老婆奇怪地问:"你同谁一起吃饭呀?"他说都是有钱有势的显贵人物。大、小老婆很是怀疑。第二天清早,大老婆偷偷跟在丈夫后边观察。只见他走到东门外坟地里,向祭奠的人乞讨祭毕的酒食吃。吃不够又到别处去讨。原来如此！回到家里，她气愤地告诉小老婆。两人正在院里责骂丈夫。丈夫却一摇一摆地走回家，又向她们吹嘘起来。

★用羊换牛

梁惠王坐在大殿上，正好殿下有人牵着一头牛走过。惠王问："将牛牵到哪儿去呀？"牵牛人答："杀掉它，用它的血涂钟。"惠王说："放掉它！我不忍心看它那惊恐战栗的样子，像这样没有罪就活活给杀死，多可怜啊！"牵牛人问："那就不必涂钟了吧？"惠王忙说："怎么可以不涂钟呢？换只羊杀吧！"

★庄子借粮

庄周家境很贫穷。一天，因家里实在揭不开锅了，便向监河侯借粮。监河侯说："行，我将要得到封地上的赋税。那时，我借给您三百两黄金，好吗？"庄周愤愤地说："我昨天在路上听见大呼救命的声音，一看，原来车辙里有一条快要干死的鲍鱼，便问：'你叫什么呀？'鲍鱼答道：'我是东海的大臣，您能给我一升水救救我吗？'我便说：'行。我将到南边去拜访吴越的大王，请他发西江的大水来迎接您，好吗？'鲍鱼气愤地说：'我失去了经常相伴的水，以至落到这样的险境。我只要得到一升水就可活命，可您却说这样不着边际的话，还不如早些到干鱼市场上去找我吧！'"

★儒生盗墓

某晚,两个儒生偷掘坟墓。大儒生说:"东方要亮了,怎么办?"小儒生说:"还没有脱掉死人的衣服,他口里含着珠子哩。"大儒生说:"《诗经》老早就写道:'青青的麦子呀,长在土坡上。'他活着的时候不做善事,死后含着珠子有什么用呢?不用管死人,我们快些拉住他的鬓发,压住他的下巴,用铁器慢慢撬开他的下颚,千万不要损坏口里的珠子啊!"

★防不胜防

有人为了防备撬箱子、掏口袋的小偷,把箱子和袋子用绳索捆得结结实实,还加锁关牢。这就是大家习惯采取的措施,认为这是聪明的办法。谁知,大偷们来了,背柜子的背柜子,扛箱子的扛箱子,挟口袋的挟口袋。全部席卷而去。一路上还唯恐箱、袋绑得不紧,锁得不牢呢。

★邯郸学步

战国时,赵国都城邯郸人的走路姿势很美。燕国寿陵一个少年听说了,便不远千里,来到邯郸学习步法。结果,不但没学成,反而连自己原来的步法也忘光了,最后只好爬着回去。

★鲁侯养鸟

从前,有只罕见的海鸟远远地飞来,栖息在鲁国都城郊外。鲁侯以为它是神鸟,命人将它捉住,亲自在宗庙恭敬地大设酒宴迎接,并将它供养起来:天天为它演奏虞舜乐曲《九韶》,安排祭祖时用的牛、羊、猪给它吃。海鸟被鲁侯这番隆重的"礼节"吓得惊恐万状,一块肉也不敢吃,一杯水也不敢喝,3天后就死了。

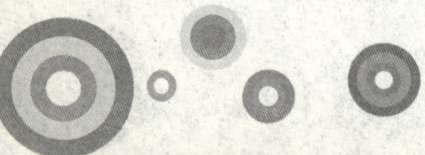

★ 祭司劝猪

洞庙中有个管理祭礼的人，身穿黑色的斋服，走到猪圈，牵出一头猪，准备把它宰杀后作祭品。猪很有灵性，浑身发抖，"吁吁"地叫着，不肯前进。那人便对猪说："你为什么要怕死呢？我养你三个月，最近我不吃肉，不饮酒，斋戒了10天，又花3天收敛心志。现在用茅草垫你的肩臀，恭恭敬敬地请你长眠在雕花缕纹的祭器里，你怎么还不愿意呢？"

★ 杀龙妙技

有个叫朱泙漫的人，前去拜支离益为老师，潜心学习杀龙的本领。他耗尽了千金的家产，苦心花费了3年时间，终于学成回来。然而，他寻来找去连龙的影子也没见到。他花费了昂贵代价学来的本领，竟没有丝毫用处。

★ 曹商得车

宋国人曹商受宋王派遣出使秦国。宋王送给他几乘车马。到了秦国，秦王又送给他百乘车马。曹商回国后，得意地对庄子说："当年我住在穷街陋巷，编鞋度日，面黄肌瘦，这是我的短处；今天我凭借口才，打动了万乘国君，受赠车百乘，这是我的长处。"庄子笑笑说："我听说秦王有病时让医生治疗，论功行赏：吸脓吃疮的，可得车马一乘；舌舔痔疮的得车马五乘。治的病越肮脏，得的车马越多。您大概是为秦王舔过痔疮吧？不然怎么会得到那么多车马呢？快走开吧！"

⭐ 疑鬼缠身

肖蜀梁生性愚笨而胆小。某晚，独自出门赶路。月光照在他身上，投下一个黑黝黝的影子。他走一步，影子也跟着走一步，顿时大惊：定有小鬼紧紧缠上自己了！再一看，更是吓得魂不附体：自己的头发飘呀飘的，一定是另一个长鬼的头发啊！于是，拔腿回头就跑。他跑得越快，"小鬼"和"长鬼"也跑得越快。跑呀跑，始终摆脱不了两个鬼魂的纠缠。跑回家，终于力竭气衰而死。

⭐ 梦见灶君

卫灵公当政时，弥子瑕受到宠爱，在卫国专权。有个矮子对卫灵公说："小臣做梦有了应验。"卫灵公问："什么梦？"矮子说："梦见大王成了灶君。"卫灵公大怒："我只听说见到国君就像见到太阳，怎么见到我反而梦见灶君！"矮子说："太阳普照天下，没有一样东西可以遮蔽的，国君普照国家也没有一个人可以遮挡的。所以要见到国君的人，先梦见太阳。而灶君就不一样，一个人对着火取暖，后边的人就不能看见了。现在也许有个人遮蔽了国君吧？这么说来，我梦见灶君，不也是很合理吗？"

⭐ 半只桃子

卫国的弥子瑕受到国君的宠幸。卫国刑法规定，偷偷驾驭国君座驾的要判处砍脚的刑罚。有一次，弥子暇的母亲生了急病，有人连夜报告他。弥子瑕即假借国王的名义，驾驭了国王的座驾出宫探母。后来，卫王听说这事，赞赏说："他真孝顺啊！为了母亲，竟然忘记砍脚的刑罚。"隔了几天，弥子瑕同卫王到果园里游玩，他摘下一个桃子品尝，觉得甜美无比，便将吃剩的半个献给卫王。卫王说："你真爱戴我啊！把这么美味的桃子让我品尝。"后来，弥子瑕年龄大了，容颜丑了,受宠爱的程度也衰退了,终于因事得罪了卫王。卫王说:"这个人呀本来就坏,他曾经假传圣旨使用我的座驾,又曾经把吃剩的桃子给我尝!"

★ 巧嘲隐士

齐国有个隐士叫田仲。一天,宋国人屈谷去见他,故意嘲弄道:"我听说先生远离人世,高风亮节,不依靠别人生活,令人钦佩。我会种葫芦,有一只大葫芦,坚硬如石,皮厚无腔,想送给您以表敬意。"田仲说:"葫芦所以可贵,是它可以盛放东西,而现在您这个葫芦,不能切开盛物,不能用来装酒,这葫芦毫无用处啊。"屈谷说:"对呀,我是要把这无用的东西扔掉!可现在先生隐居此地,不依赖别人生活,可对国家也毫无用处,这跟那坚硬的大葫芦有啥两样呢?"

★ 仁义之师

宋襄公和楚国军队在泓水之滨交战。宋兵已经安排好阵势，楚军还没有渡河。右司马向宋襄公献计道："楚军多而宋军少，趁他们正在过河尚未列队时发动突然攻击，那么他们必败无疑。"宋襄公说："我听得君子讲，'双方交战，不伤害已经受伤的人，不擒捉头发斑白的老兵，人处险地，不推他跌下深渊，人处困境，不逼他走投无路，不进攻尚未列成阵势的队伍。'现在楚军还未完全渡河，我们发动攻击，这是不道德的。还是让他们全部渡河摆好阵势后，再击鼓进攻吧。"右司马说："您不爱护我国的人民，让国家受到损害，难道这就讲道德了吗？"等到楚军已渡过河来摆好了阵势，宋襄公这才下令击鼓进军，结果宋兵大败，襄公的大腿也遭受重伤，第二年就死了。

★ 小儿夸父

齐国有两个小孩，相互夸耀自己的父亲好。其中一个的父亲常装扮成狗，夜里潜入人家偷窃。另一个的父亲因犯罪受到砍断双腿的刑罚。小偷的孩子说："我父亲与众不同，他穿的皮衣有条尾巴，别人谁还有？"断腿人的孩子说："那有啥稀奇！冬天，人人都要添衣裤，唯我父亲用不着穿长裤！"

★ 不识车轭

郑国有人偶尔拾得一个车轭。他问别人道："这是什么呀？"那人答道："车轭。"不一会儿，他又拾到一个车轭，照旧又问那人。那人又告诉他："车轭。"他听了大叫道："刚才说是车轭，现在又说是车轭。怎么会有这么多车轭？分明是你存心哄骗我！"于是，和那人打了起来。

★ 甲鱼口渴

郑县有个叫卜子的人，去市场买了只甲鱼返家。会船渡过颍水时，见甲鱼萎缩的形状，以为它口渴，便放它到河里喝水，结果，甲鱼连招呼也不打，就溜之大吉了。

★ 夫妻求福

卫国有对夫妻向天神求福，妻子冀求道："让我们不费力地得到一百个钱币吧！"丈夫说："怎么要这样少啊？"妻子说："超过这个数，你要娶小老婆啊。"

★ 太子未生

郑王问大臣郑昭："太子怎么样？"

郑昭答道："太子还没生出来。"

郑王惊问："太子已立，你却说没生出来，为什么？"

郑昭说："太子虽然立了，然而大王喜爱美女，娶了许多小老婆。如果你宠爱的女人有了儿子，您一定会喜欢的，一喜爱就必定要立为太子，所以我说太子还没有生出来啊。"

⭐ 误解"举烛"

在楚国国都郢城,有人在夜里写信给燕国宰相。因火光不亮,便对擎持蜡烛的家奴说:"举烛。"说完便漫不经心地误写上"举烛"两字。燕国宰相看到信函后,高兴地说:"举烛,就是要崇尚政治清明。清明,就是要提拔贤才而任用。"还把来信和自己的解释告诉国王。国王很高兴,照此办事,自此燕国得以强盛。但"举烛"并不是写信人的本意啊。

⭐ 一条新裤

郑县某人,叫妻子为他做条新裤。妻子问:"裤子做成什么样式?"他说:"像那条旧裤一样。"妻子做成新裤后,就将它弄得像旧裤一样破旧。

⭐ 师旷撞王

晋平公和臣子们在一起喝酒。酒兴正浓时,他得意地说:"哈哈!没有谁比做国君的更快乐了!他的话没有谁敢违背!"著名音乐师师旷正在旁边陪坐,听了这话,便拿起琴朝他撞去。晋平公连忙收起衣襟躲让。琴在墙壁上撞坏了。

晋平公说:"太师,您撞谁呀?"

师旷故意答道:"刚才有个小人在胡说八道,因此我气得要撞他。"

晋平公说:"说话的是我嘛。"

师旷说:"哟!这可不是做国王的人应说的话啊!"

左右臣子认为师旷犯上,都要求惩办他。晋平公说:"放了他吧,我要以此作为鉴戒。"

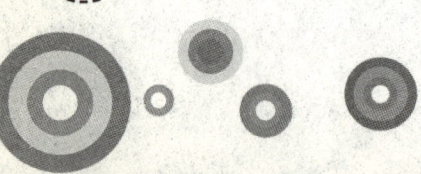

⭐ 不死之药

战国时，有人来到楚国都城，说要把长生不死之药献给国王。卫士夺过药就吞下肚子。楚王命令处死卫士。卫士说："先王也求过长生不死之药，可是怎么把王位让给您了呢？再说，如果献上的真是不死之药，我已经吃下肚去，要是被陛下杀死，不就证明这并不是长生不死之药，而是客人在愚弄陛下吗？您要是杀了我，天下人就会说，谁说假话欺骗陛下，陛下就听谁的，陛下杀的尽是无罪的好人啊！"楚王只好把卫士放了。

⭐ 画鬼最易

有个人给齐王画画。齐王问他："什么最难画？"

这人说："狗与马。"

齐王又问："画什么东西最容易？"

这人回答说："画鬼。"

齐王说："为什么？"

画家说："狗和马，人人熟悉，天天看见，所以稍有一点不像，人们都能看出来；而鬼是无形的东西，谁也没见过，所以画起来就容易了。"

★ 宣王射箭

周宣王酷爱射箭，爱听别人说自己气力过人，能用强弓。其实他用的弓，只不过用三石力气就能拉开。一天他把自己的弓交给左右侍卫传看，侍卫只拉到一半，便假装拉不动了，同声赞道："真是一张少有的硬弓，起码不少于九石，如果不是大王的神力，谁能拉得开这样的弓呢？"宣王得意洋洋，一直到死，始终都认为自己的弓是九石硬弓。

★ 两儿奇名

有个乡厂老人，给大儿子取名为"盗"，给小儿子取名为"殴"。一天，大儿子外出，老人有事，便在后面边追边喊："盗！盗！"过路的差吏听到，以为老头在追赶小偷，便把大儿子逮捕了。老人想叫小儿子去向官差解释，因心里慌急，连声呼唤："殴！殴！"官差以为老人要惩罚小偷，便一阵殴打，几乎将他的大儿子打个半死。

★ 婴儿投江

有人从江边走过，看见一个人正要把婴儿投往江水里，婴儿大哭。行人问他原因，他说："不要紧的，他父亲擅长游泳。"

★ 澄子寻衣

宋国的澄子丢失了一件黑衣服，就到路上寻觅。忽见一个妇女穿着黑衣服，就追上去拉紧不放，叫道："今天我丢了一件黑衣服。"女子气愤地说："你虽然丢了一件黑衣服，可我穿的这件确是我自己亲手做的呀。"澄子说："你还是快点把衣服还给我！原来我丢的是件黑夹袄，而你现在穿的是件单衣。用单衣换夹袄，你难道不是占了我的便宜吗？"

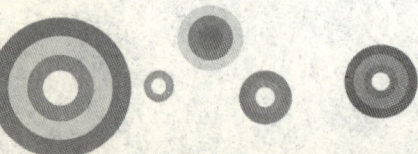

★复生妙术

鲁国有个名叫公孙绰的人,向别人夸耀说:"我能够起死回生。"人家便问他有什么神奇的办法,公孙绰答道:"我本来就擅长医治半身偏瘫、半死不活的病人,现在我把这个方剂的药量加大一倍,不就可以让死人活转来了吗?"

★挖井得人

宋国有一个丁姓人家,因家里没有水井,常需派一人出去打水。后来丁家开凿了一口水井,高兴地告诉别人:"我家挖井得到一个人。"有人听到后便传言出去:"丁氏挖井得一人。"宋国人把这看做奇闻,纷纷宣传。国王听见了大为惊奇,便派人向丁氏询问究竟,丁氏回答道:"一口井等于得到一个劳动力,并不是在井里得到一个人。"

⭐ 梦辱自杀

齐庄公时有个勇士叫宾卑聚,勇力过人,从不屈居于人下。一天深夜,他见一个壮士紧紧追赶斥骂自己,还把唾沫吐在自己脸上。宾卑聚急怒攻心,就上前与他决斗,谁知却醒了,原来是一个梦。但他心里很不痛快。第二天,请来朋友,把梦中受辱的事讲了,说:"我自小至今60岁,从来没人敢欺侮我。这回我定要找到梦中那个壮汉,跟他较量一番。找得到,那就好;找不到,宁愿死!"于是,每日清早同朋友站在路旁辨认过往行人,连着好几天也没找到梦中人,他便回家自杀了。

⭐ 湿木造屋

高阳准备建造房子,木匠劝道:"暂时不能动工。木材没干,把泥抹上去,定会压弯。湿木材盖房,眼下虽然好看,今后要倒塌。"高阳笑道:"照你的说法,房子更不会坏了。以后木材越干越坚硬,泥浆越干越轻。用越来越坚硬的木材来承载越来越轻的泥土,房子怎么会塌坏呢?"木匠无话可说,只得勉强听从。房子建成了,初看挺好。过了一些日子,果然倒塌了。

⭐ 死难见人

齐国某人叫他的仆人做一件非常艰难、不付出生命的代价就难以完成的事。仆人贪生怕死,不肯去做。

他的朋友问:"你没有去死吗?"

仆人答道:"是的。做事要对自己有利,死对自己不利,所以我不去死。"

朋友说:"你这样还有脸见人吗?"

仆人说:"你以为死了反而可以见人吗?"

★ 为国爱命

戎夷背叛齐国逃到鲁国去，正巧碰上大冷天，鲁国城门关闭了，只得同弟子在城外露宿。深夜寒气刺骨，戎夷对弟子说："你把衣服脱给我穿，我就能不被冻死；我把衣服脱给你穿，你也能活命。我是国家的人才，为了天下民众我要爱惜自己的生命，你是不肖的小人，不必爱惜自己的身躯，你还是把衣服脱给我穿吧。"弟子答道："我是不肖小人，怎能有高尚的品格，肯将衣服脱给你这个国家的人才穿呢？"戎夷长叹一声："唉!我的社会理想看来实现不了啦！"说完，将衣服脱下送给弟子，半夜活活冻死，弟子却活了下来。

★ 为人献身

孟尝君对门客夏侯章待遇很好，给他四五百人的伙食费。可是夏侯章还常常在背后毁谤孟尝君。有人向孟尝君揭发，孟尝君说："我常有事请教夏公的，不要说他。"繁菁就把此话转告夏侯章，夏说："我没有一点小功劳，孟尝君就成了宽厚待人的君子、长者，而我就成了刻薄忘恩的小人、无赖，我这是用自己的人格和名誉为孟尝君效劳啊，你还要我说什么呢？"

★ 说谎得奖

齐国派兵进攻宋国，宋王派使者前去侦察，使者返回报告说："齐军离我们很近了，闹得我国人心惶惶。"左右对宋王说："这叫做肉腐烂了，自己生虫! 宋国强大，齐国弱小，怎会这样呢？"宋王便杀了使者。又派人前去侦察齐军，使者回报情况跟前面的一样，宋王又生气地将他杀了，一共杀了三个人。又派第四个人去侦察。那人见齐军很近了，人心的确很惶恐，使者碰到哥哥，说："先前报告齐军很近消息的人都给大王杀死了。我如果报告实情我也要死，不报告实情也要灭亡，怎么办？"哥哥说："如果报告实情你要比别人先死啊！"于是使者向宋王谎报道："看不见齐军在哪儿，人民都很安宁。"宋王十分高兴，左右也逢迎道："先前那三个使者杀得对啊。"宋王就赏给使者大量黄金。齐军杀过来，宋王来不及迎战就慌忙乘车逃亡。那人携带了黄金在别国成了富翁。

★ 两面讨好

湭河水涨，郑国有个富人渡河时给淹死了。有个人捞到尸体，富人家要用钱赎回，那人要价很高。富人家便向邓析请教办法，邓析说："由他去，你们安心好了，那人肯定不会把尸体卖出去。"那人过了几天不见富家动静，对尸体不能出手很是担心，也去向邓析请教。邓析说："你安心好了，这尸体别人不要，而他的亲属总要来买的。"

★ 得鱼大哭

魏王同宠爱的美貌男色龙阳君同坐一条船上钓鱼。龙阳君钓到十来条鱼却哭了起来，魏王问他为什么哭。龙阳君答："我是为我钓的鱼哭啊。开始钓到鱼时我非常喜欢，后来钓到的鱼越来越大，以至我竟要抛弃先钓到的鱼。如今像我这么丑陋，却能亲近大王，受到大王的宠爱，我的爵位差不多接近国君了，人们见了都要纷纷回避。可是，天下美貌能干的人非常多，听说我受宠于大王，一定会来趋奉、接近大王，那时我就会像那开始钓的鱼一样，也将要被抛弃。想到这一点，我能不伤心地流泪吗？"魏王说："你有这种想法，为何不早些告诉我呢？"于是，便向全国发布通令："今后如有人敢于称颂、推荐美貌男色的要给以灭族的刑罚。"

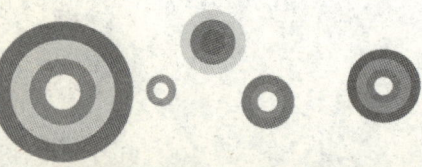

★ 直呼母名

宋国有个读书人，在外学习3年。回来后就直呼母名，母亲问他为何读了书，反而呼起母亲的名字来了。他说："在世界上，我所推崇的贤人，莫过于尧舜，但我也直呼他们的名字。在宇宙间，我所认为最大的，莫过于天和地，但我也直呼它们的名字。现在你没有尧舜那样贤明，也没有天地那样伟大，我怎么不能直呼你的名字呢？"母亲说："照你这样说，所学过的一切你都能完全实行了，如果是这样，你先去一一实行了，然后再来叫我的名字吧！"

★ 巧难田并

齐国有个人去拜访田并，说道："久闻先生清高的名声，不做官而为人服役。"

田并说："你听谁说的?"

那人答道："从邻居的女儿那里听来的。"

田并问："这话是什么意思?"

那人答道："邻居那女儿，她说不嫁人，可还不满30岁，就已生了七个孩子。名说不嫁，可她的行为却大大超过出嫁了！如今先生虽然不做官，可你还拿着千钟俸禄，随从仆役一百多人，名说不做官，可你却大大超过做官了！"

★ 左右逢源

东周要种稻，可是西周不放水，东周很是担忧。苏子便对东周国君说："我出使西周，让他们放水好吗？"东周国君欣然同意。苏子见到西周国君便说："您的做法错了。您不放水，这可富了东周啊。现在，他们国家的民众都在种麦，不种其他。您如果要损害东周，不如大放水，淹坏他们的麦子。这样，东周一定重新种稻，收割时您再夺取它们。这样，东周的人民都会拜服在您膝下，服从您的统治了。"西周国君说："好计谋！"于是便命令放水。苏子也就获得了两个国家的报酬。

有关《西游记》的爆笑笑话

1.

早上唐僧醒来看见悟空暴死在地上,死相惨不忍睹,八戒和沙僧啜泣不止,忙问:"悟空怎么死了?"八戒边哭边说道:"师傅,你昨晚说梦话念了一晚上紧箍咒……"

2.

取经队伍到达贫困山区,几天要不到吃的,悟空因为要保护师父,只好让沙僧和八戒去远处城里找吃的。

第一天去,空手回来,因为没有钱。第二天去,还是空手,因为没有钱。

悟空大怒:"再找不回吃的,就别回来!"

第三天傍晚,沙僧高高兴兴地背着一大袋子米,还剩了好多钱。

悟空大喜,又问:"八戒呢?"

沙僧顿时伤心地哭道:"大师兄,原谅我吧!咱们这么多人,就二师兄能卖到16块钱一斤……"

3.

师徒几人到达一个大城市,悟空化斋,沙僧收拾床铺,八戒出去遛马,晚上八戒空手而归。

唐僧问:"白龙马呢?"

八戒说:"被交警扣了。"

唐僧问:"为什么?"

八戒说:"它放了个屁。"

唐僧说:"放个屁也不至于被扣啊?"

八戒说:"警察说它污染环境了。"

4.

悟空化缘回来发现师父不见了,沙僧和八戒在地上哭。

悟空问:"师父呢?"

八戒说:"丢了。"

悟空说:"找去呀!"

沙僧说:"到处找遍了,没有。"

悟空又找了一圈,也没有找到。几个人很发愁。

忽然,悟空问:"师父这个月房贷交了吗?"

沙僧说:"没有。"

悟空又问:"养路费交了吗?"

沙僧说:"也没有。"

悟空说:"都洗洗睡吧,师父跑不了,有银行跟交警呢!"

5.

唐僧师徒路过狮驼岭,狮子精抓了唐僧,悟空费尽千辛万苦,终于战败了狮子精,正欲打死。

突然文殊菩萨来到,说狮子精是他的坐骑,带了狮子精扬长而去。

悟空大骂。八戒劝他:"算了吧大师兄,人家是领导的司机,也算公务员呢。"

6.

"悟空、八戒、悟净,来为师面前。唉……绝非为师责难,但我的教诲你们都忘了不成?你我师徒皆为佛门中人,忌戒多多。那不偷盗、不妄语、不恶口、不贪、不痴,你们该时刻谨记于心!既心向佛,若不自修,怎能得成正果?好,为师来问你们,到底是谁,昨晚趁为师睡觉时,悄悄登陆偷了我的菜?"

7.

八戒最近几天闷闷不乐,晚上瞅着月亮发呆,悟空知道他的心事,利用双休日到月宫访问了一圈儿,回来后对八戒说:"我的傻兄弟,我去问过了,中国发射的是一颗卫星,还没派人登月呢,一个机器,你吃啥醋啊?"

8.

"你这泼猴,好不尊师重道,刚在那蜘蛛精面前,你为何弄个豹纹围裙装性感?你为何抢为师的风头?"

"闭嘴!我管你是豹纹还是虎皮!你还知道自己是谁不?"

"你一个刑满释放人员在我面前装什么啊?你看你染一脑袋黄毛拎根钢管就装古惑仔啊?……呵呵,阿弥陀佛,善哉善哉,为师有些失态了。"

9.

唐僧取来真经,直接背着去见李世民。唐僧说:"哥,我回来了。"李世民说:"哦。"唐僧说:"真经我取来了。"李世民说:"哦,放那儿吧。"

唐僧说:"哥,我费了好几年工夫辛辛苦苦办了这么大的事儿,你咋还不高兴呢?嫌我差旅费高了?"

李世民摘下耳机说:"你那些经文啊,我用BT下了一天就下完了,早知道电脑这么厉害,我当初还让你去干吗呀!"

10.

"八戒,你这呆子!这都走了十里地了,你就不能换一首歌哼哼啊!一直唱《求佛》,你看看师父哭的!"

11.

观音菩萨,你把黑熊怪、青狮怪和黄眉老妖这些账号都注销了吧,我们玩儿不起了。你派我们跟唐僧师徒作对,但你把他级别调那么高,怎么打?尤其孙悟空,装备好属性点高,还有召唤技能,最可气的是实体攻击无效,火系攻击免疫,魔法系攻击免疫……别说我们单人了，组队也打不过啊！不说了，下了，88。

12.
悟空因三打白骨精被唐僧贬回花果山，几个月后猪八戒突然来访，进门就哭。悟空问："队伍到哪儿了？"八戒答："临汾。"悟空又问："可是又遇见妖精？"八戒答："没有。"悟空急："那你哭什么？"八戒更加伤心："大师兄，你快回去吧！师父被人卖到黑砖窑去了，我们都找了仨月了。"

13.
一大群小妖精扛着被捆成粽子的唐僧，兴冲冲走进洞内，高喊："大王！大王！我们终于抓住唐僧了！"老妖精从睡梦中被吵醒，抬眼看了一眼，无精打采地说："送回去吧。"小妖精奇怪地问为什么。老妖精说："报纸上说唐僧肉里含有致癌物质。"

14.
沙僧参加数学考试，监考老师看了他脖子上的珠珠半天，然后说："别以为你把算盘伪装成这个样子我就不知道了，还想作弊？快摘下来。"

如来大人，咱能一次就搞定吗？

唐僧师徒一行经历九九八十一难终于见到了如来佛求取真经。
如来问："你们带U盘了吗？"
唐僧师徒："……"
如来又问："移动硬盘呢？"
唐僧师徒："……"
如来继续问："iPod也可以啊。"
悟空不耐烦地挖起耳朵来。
如来叹了口气："那你们就原路回去吧，我用QQ传给你们。"
唐僧："早知道加你QQ就完了，还让我们走那么远干吗？"

四人将要走的时候,佛祖忽然问道:"你们带PSP了吗?"
四人回答:"没带。"
佛祖惊讶:"那多无聊呀,你们咋过来的?"
四人相互看看说:"我们一路打怪升级过来的。"
……
唐僧回去以后,加了如来QQ,发现很慢。
如来一个电话:"喂,小唐,你铁通56K的吧?"
唐僧:"是,去年才装的。"
如来:"那……你还是再来一趟吧!带上U盘。"

于是唐僧师徒带上U盘再次经历九九八十一难终于见到了如来佛。
如来问:"带U盘了?"
唐僧师徒:"带了。"
如来继续问:"多大的?"
唐僧师徒:"2G。"
如来深深地叹气:"真经太大,U盘太小,回去取个4G的来。"

唐僧师徒回去之后，带上了移动硬盘，还是1000G的。

一行再次经历九九八十一难终于见到了如来佛。

如来问："你们怎么又来了？"

唐僧师徒："你不是说让我们带大点的U盘过来吗？我们带了个1000G的硬盘。"

如来继续问："你们回去没有开QQ吗？"

唐僧师徒："我们回去之后直接买了硬盘就过来了啊！"

如来深深叹气："我给你们在QQ里留了言，经书已经放在我的服务器里了，你们随便下载！"

唐僧师徒回去后打开如来的服务器下载，发现服务器中了木马，不能下载。

于是带上1T的硬盘继续上路，想："这次无论如何得拷回来。"

再次经过九九八十一难终于见到了如来。

如来问："带纸了没？"

唐僧师徒："……"

如来继续："哎，这次服务器中了木马，电子版的经书全毁了，我看你们还是手抄一份吧！"

唐僧师徒这次学乖了，买好纸，带上硬盘又上路了，之前还用QQ给如来发了个信息确认。

经过九九八十一难又见到了如来。

为防有变，唐僧先说话了："木马破解了没？"

如来："没。"

唐僧："那我们可以抄了吧？"

如来："可以。"

唐僧师徒花了10年的时间终于把经书抄好了，准备去跟如来告别。

唐僧："我们花了10年时间把经书抄好了，现在跟佛祖告别回大唐了。"

如来："有复印机干吗不用？"

《红楼梦》的大观园里有网络了

🐱 贾母

我上网打麻将,他们都打不过我。有了网络,我的"麻将"技术更加精进了。

🐱 元春

有了网络,何须年年省亲?网上视频聊天,跟回家的感觉一样,还非常省钱。

🐱 凤姐

现在我比以前更忙了,除了管理大观园的日常事务外,我还开了一家网店,数钱的感觉真爽!

贾宝玉
虽然网友遍天下，我心中只有林妹妹。

林黛玉
本想给宝玉做个香袋，可现在没空儿了，每天忙着上网织"围脖"呢。

薛宝钗
我是网上换客。交换的不只是物品，还有一份惬意的心情。

袭人
我早就学会了QQ聊天。我的QQ名：花香袭人知昼暖。敲门请报真名，否则免谈。

迎春
孙绍祖人品不好，我才不嫁他呢。我现在上了两档电视相亲节目，一是《非诚勿扰》，一是《我们约会吧》。天下好男人多得是，这一次我要自己找婆家。

探春
大观园里的花草蔬果收成不错，免费采摘很开心。

惜春
有了网络，绘图小菜一碟。大观园风景图早就绘制好了，很给力！

搞笑的古代趣闻

★抢婚

有婚家女富男贫,男家恐其赖婚,择日率男抢女,误背小姨以出。女家追呼曰:"抢差了。"

小姨在背上曰:"莫听他,不差不差,快走!"

——《笑府》

★求人不若求己

或问佛印曰:"观音傍有侍者,何为自提净瓶?"佛印戏答曰:"求人不若求己。"

——《笑府》

★ 巧嘴媳妇

从前，有一个巧嘴媳妇，煮好了米饭，先盛给公爹一碗。公爹吃了一口就称赞道："今天的饭很香，我可要吃三大碗。"巧媳妇听了公爹的夸奖，忙说："嘻，这顿饭是我做的。"于是公爹又开始吃第二口，可饭刚送到嘴里就听见"咔嚓"一声，公爹立刻叫道："哎呀，这么多的砂子！"巧媳妇忙说："那是小姑淘的米。"公爹把筷子在饭里搅了两下，闻了闻，问道："怎么，这饭还有点煳味？"巧媳妇这次回答得更干脆："那是妈烧的火！"

——《笑府》

★ 僧与雀

鹞子追雀，雀投入一僧袖中，僧以手搦定曰："阿弥陀佛！我今日吃一块肉。"雀闭目不动，僧只说死矣，张开手时，雀即飞去。僧曰："阿弥陀佛！我放生了你罢。"

——《笑赞》

★ 借茶叶

有留客饮茶者至友家，友令子向邻家借茶叶未至，每汤沸，以水益之，釜且满矣，而茶叶终不得。妻乃谓夫曰："此友是相知的，倒留他洗个浴去罢。"

——《笑府》

⭐ 不肯下剪

有请裁缝工人到家中裁衣者,其人默视多时,不肯下剪。主人问故,其人曰:"这衣服我落下剪,有了我的就没了你的,若有了你的又没了我的,如何是好?"

——《笑赞》

⭐ 河豚

有夫妇闻河豚甚盛,谋买尝之,既治具,疑其味毒,互相推诿。久之,妻不得已将先举箸,乃含泪谓夫曰:"吃是我先吃了,只求你看顾这两个儿女,若大起来,教他千万不要买河豚吃。"

——《笑府》

⭐ 老人妄语

太上老君云:"诵经千遍,身腾紫云。"道士笃信此说,诵至九百九十九,乃沐浴登坛,告别亲友,俟候腾云。更诵一遍凑千数,至暮竟无片云。道士指老君塑像叹曰:"谁知你这等老大年纪也会说谎。"

——《笑府》

⭐ 写真

有写真者,绝无生意,或劝他将自己夫妻画一幅行乐贴出,人见方知。画者乃依计而行。一日,丈人来望,因问:"此女是谁?"答云:"就是令爱。"又问:"他为甚与这面生人同坐?"

——《笑林广记》

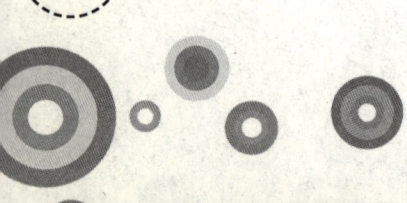

⭐贼诗

闽地越海贼曰郑广,后就降,补官,官同强之作诗。广曰:"不同文官与武官,总一般。众官是做官了做贼,郑广是做贼了做官。"

——《扪掌录》

三国时期出现过火星人

事情发生在公元260年,当时是史上著名的三国时代,东吴、蜀汉、曹魏各据一方,逐鹿中原,都想完成统一霸业。东吴是草创之国,一切未上轨道,守卫边境是国防大事,东吴景帝(孙休)在位时,均将边屯守将的妻子儿女聚于一处,美名曰"保质童子",其实是将这些守将的家属当做人质,以防变节。

这些孩子平日嬉戏娱乐都在一起。景帝永安三年二月某一天,出现了一位年约六七岁,身高四尺的奇异童子,穿着青色衣服,来到游戏的孩童群中,所有孩童都不认识他,问他:"你是谁家小儿,今日忽来?"这位怪童回答:"看见你们一大群在嬉戏玩乐,就来到这儿。"

孩童们仔细端详着这位怪童，见他眼有光芒射出，心生畏惧，又问一遍他来此的原因。怪童回答："你们怕我吗？我不是这儿的人，是来自荧惑星（火星古名）的，我有话告诉你们：三公归于司马。"

众孩童大惊，有的跑去告诉大人，大人赶忙跑来看他，怪童说："我要走了！"于是耸身而跃，飞上天去，大家仰着头看他，只见他宛如拖曳一疋白练飞上天空。晚来的大人还没来得及见到这个景象。只见愈飘愈高，过没多久就看不见了。

当时吴国政治峻急，大家都不敢散播怪童的话。4年之后，蜀汉亡国，6年后曹魏废帝，21年后东吴被平定。时值公元280年，三国时代终了，统一中国的就是西晋武帝司马炎。怪童的话应验了。

《搜神记》原文全文如下："吴以草创之国，信不坚固，边屯守将，皆质其妻子，名曰保质。童子少年，以类相与娱游者，日有十数。孙休永安三年二月，有一异儿，长四尺馀，年可六七岁，衣青衣，忽来从群儿戏。诸儿莫之识也，皆问曰：'尔谁家小儿，今日忽来？'答曰：'见尔群戏乐，故来耳。'详而视之，眼有光芒，外射。诸儿畏之，重问共故，儿乃答曰：'尔恐我乎？我非人也，乃荧惑星也。将有以告尔：三公归于司马。'诸儿大惊。或走告大人。大人驰往观之。儿曰：'舍尔去乎。'耸身而跃，即以化矣。仰而视之，若曳一疋练以登天。大人来者，犹及见焉。飘飘渐高，有顷而没。时吴政峻急，莫敢宣也。后四年而蜀亡，六年而魏废，二十一年而吴平，是归于司马也。"

这段"三国时代的火星人"有四点和现代传闻的外星人现象相符合。

第一，身高四尺多，穿青衣，和现代传闻的"小绿人"不谋而合。

第二，眼露出芒。

第三，飞上天的景象和背着单人喷射器飞行的情景一样。

第四，预言天下大势。

古代的暗恋小说

虞县，一个江南的小城，四季如水。

城南的贫民窟，住着个穷书生，名叫华子。每日为了生计，放放猪，种种红薯，余下的时间便是死磕"四书五经"，声嘶力竭地吟诵他恩师里羊发明的"疯狂诗歌"。

落日余晖，映着书生颓废的身影，他今天又被老师责骂，因为朗诵《诗经》中的《关雎》时，老师要他全心投入。"Crazy!"老师吼叫道，"Crazy more! Love is crazy!"书生将吃奶的力气都用来朗诵，却总找不到感觉，但这不怪书生，他还没有恋爱过呢。

书生低着头慢慢往家走，来到小溪边上，因为昨夜下了场大雨，溪水猛涨，铺在上面的卵石早被淹没，必须涉水而过。书生看到水边有两个女子,正不知如何是好。两个女子一看就知是主仆,那小姐长得杏眼桃腮,穿一件绿纱褶裙,衬白色荷边,乌发上缀着些许珠饰,整个人如清水芙蓉般可人。书生不由看得痴迷,傻张着嘴站在那里。

那丫鬟看到书生,却奔将过来,拿手在书生肩上重重一拍。好女子!此一拍起码有500磅的力道,直震得书生双脚打颤。丫鬟喝道:"呆头书生!色迷迷盯着我家小姐,想让人告你性骚扰吗?!"书生大惊,忙道不敢,丫鬟说:"算了算了,我家小姐也是太漂亮,经常遭遇你们这样的蠢物。这水涨得太高,你快将我家小姐背过河去,就快快走人。"书生连忙称是,就忙奔去背小姐过河。

小姐轻若无骨,书生轻托便起,一路涉水而过。小姐暖暖的香麝兰气呼在书生脖子上,发梢轻拂书生的面颊。书生脸红心热,心如鹿撞,到了溪对岸还托着小姐呆立不动,只可惜这溪水怎么这般窄小。小姐在他耳边轻轻一笑,嗔道:"呆子,还不快放我下来!"书生才回过神来,慌忙放了小姐。

背丫鬟过河的时候,书生强烈感觉到天堂和地狱原来只是一线之间,丫鬟一定属于暴饮暴食的典范,书生费尽九牛二虎之力才勉强将她托到臀部以下位置。并且在过河时书生必须屏住呼吸,因为丫鬟肯定嗜食大蒜。

书生回家后,恍恍惚惚,手中攥了块方帕。那是小姐给他的,上面有小姐的姓名和地址。书生朝也想暮也想,常常想着想着就放声大哭,拿头往墙上撞。书生是想,人家贵为小姐,我一介贫民,人家出门坐四匹马拉的四驱车,我却只有单油门的小叫驴;人家吃饭要吃天上飞的海里游的,我却只能吃田里长的;人家穿的是仙子穿的,我一年四季只有马甲大袍一件,我该拿什么去爱你?我的爱人!

书生把自己在小黑屋里整整关了三天三夜,第四天早晨,书生破门而出,虽然满脸胡茬,却两眼放光。书生迎着朝霞,纵声叫道:"我——要——当——官——,安——红——我——想——你——"(安红为小姐芳名)

书生从此奋发图强,各门功课突飞猛进,尤其是情诗朗诵,连里羊老师也自叹弗如,很快联考的时日到了,书生进京赶考,一举中的,衣锦还乡。

书生回乡后,拜见了老师,宴请了亲友,就独自一人,骑着高头大马,寻他的心上人去也。书生心花怒放,一路哼着小调,纵马驰骋,直奔小姐的闺楼而去。

多半个时辰,书生便到了小姐那里,果然气派,一幢四层画楼,飞檐碧瓦,还有一金玉巨匾,书着"临春阁"三字,"风雅楼配风雅人,"书生摇头晃脑地说道,"果然是大家闺秀啊。"书生便向门前一门卫模样的人走去,抱拳道:"烦请通报你家小姐,说书生相见。"

那人上下打量了书生几眼,说道:"哪位小姐?"

书生心到,原来小姐还有姐妹,就说:"乃是姓安名红的小姐。"

那人"哦哦"道:"是她啊,今天王总督察已经包了全天,要来你明天来吧,记得带上五十两纹银。"

扑通!书生跌坐地上,半晌未回过神来……随后仰天大哭:"此小姐非彼小姐,我要功名何用?五十两纹银足矣!"弃冠踉跄而去。

悲哉,两耳不闻窗外事,一心苦读圣贤书。

如果古代中国人参加奥运会

上古时期，派可射九日的后羿同学参加射箭比赛，拿块金牌啥的没啥问题吧？

春秋战国时期，派刺客要离、荆轲等同学参加击剑比赛，拿块奖牌啥的没啥问题吧？

秦时期，派在博浪沙投大铁锤袭击秦始皇的那位大力士同学参加铅球比赛，拿块奖牌啥的没啥问题吧？

楚汉争霸时期，派单手举鼎的项羽同学参加举重比赛，拿块金牌啥的没啥问题吧？唯一的问题就是不清楚该是多少公斤级。

汉朝时期，派可在掌上跳舞的赵飞燕同学参加艺术体操比赛，拿块金牌啥的没啥问题吧？

唐朝时期，派在华清池里泡温泉的杨玉环同学带队参加水上芭蕾比赛，拿块金牌啥的没啥问题吧？

唐朝时期，派弼马温孙悟空同学参加马术比赛，拿块奖牌啥的没啥问题吧？

唐朝时期，派到西天取过经的唐僧等人参加铁人三项比赛，拿个名次啥的应该没啥问题吧？

宋朝时期，派高俅同学带队参加足球比赛，进入决赛啥的没啥问题吧？

宋朝时期，派日行万里的神行太保戴宗同学参加马拉松比赛，拿块奖牌啥的没啥问题吧?

宋朝时期,派过江龙李俊等人参加游泳单项和接力比赛,拿块奖牌啥的没啥问题吧?

宋朝时期,派浪子燕青参加柔道比赛,拿个名次啥的没啥问题吧?

宋朝时期,派开封城里在瓦肆表演杂技的群众演员参加体操比赛,拿个名次啥的没啥问题吧?

再后面的中国历史,蒙元、满清时期有不少东西都可以进吉尼斯记录,可惜就没找到一个能进奥运会的,只有派明朝时期的郑和同学去参加帆船比赛,拿个金牌啥的没啥问题吧?

话不投机半句多

从前,有个富翁生了三个女儿,长女、次女都嫁了个秀才,只有小女嫁了个村夫。富翁心中很是不满。

富翁生日这天,三个女婿都来给岳父祝寿。富翁见长婿、次婿言谈斯文,心里很是喜欢;又见小婿说话粗俗,心中颇为不快。在宴席上,富翁特意说:"今天我来陪你们三人饮酒,席间不许胡言乱语。"说这话时,他还故意瞅了小婿一眼。

酒过数巡,富翁举起筷子请大女婿吃菜,大女婿斯斯文文地欠身说:"君子谋道不谋食。"富翁一听大女婿出口就是孔子圣言,心里高兴极了。

酒至半酣，富翁又举起酒杯劝二女婿饮酒，二女婿也斯斯文文地欠身答道："唯酒无量，不及乱。"富翁一听，又是《论语》之言，心里更高兴了。

　　丈母娘在一旁见老头子只劝大女婿、二女婿吃菜饮酒，却冷落了小女婿，就坐不住了。

　　她连忙举起杯子斟满了酒请小女婿饮酒。小女婿也大大方方地欠起身来对丈母娘说："我和你'酒逢知己千杯少'。"

　　富翁听到刺耳，就骂道："这畜牲竟如此无礼，哪有点斯文？"

　　小女婿把酒杯往地上一扔，拍案而起，还口道："我与你'话不投机半句多'！"

《西游记》之十大杰出青年

1.孙悟空

作为中国历史上第一批飞行员的杰出代表,经过长期的刻苦训练,最终练成了前不见古人后不见来者的飞行技术。创造出脚一离地便能飞出十万八千里的吉尼斯世界纪录,为国人争得了不少的荣誉。

2.蜘蛛精

世界上第一个网站——西游网的缔造者和首席执行官,她最大限度地丰富了像猪八戒这样超级好色网虫的业余文化生活,使人们从封建文明一跃步入了网络文明。

3.唐僧
连续数年当选由各国资深女记者评选的"世界最具魅力男士"。尤其受到诸如女儿国国王、琵琶精、玉兔精等成功女士的青睐。

4.铁扇公主
由于其家传宝扇不仅帮助唐僧师徒扑灭了"火焰山森林大火",而且为当地老百姓解决了高温酷热的生活问题,因此无可争议地获得了"诺贝尔消防奖"。

5.猪八戒
凭借在好莱坞巨片《高老庄》中的精彩演出,令人信服地打败众多著名演员,荣膺"奥斯卡最佳男主角奖",开辟了中国获此殊荣的先河。

6.哪吒
用他的聪明才智向人们展示了汽车的雏形,其脚踩风火轮便是最好的佐证。后人正是从中受到巨大的启发,才研制出了现在的汽车。

7.观音菩萨
作为佛学院的高级讲师,以其高超的教学方法,将冥顽不灵的孙悟空、猪八戒、红孩儿等差生调教得服服帖帖,成了全国教师竞相学习的榜样。

8.顺风耳
作为一名不起眼的小卒,不自甘平庸,不怨天尤人,而是一直默默地潜心研究声波原理,为后人发明电话提供了十分珍贵的第一手资料。

9.镇元子

是一个年轻有为、经验丰富的农业学家,其栽种的人参果树因味道甜美、营养丰富、祛病强身等诸多优点深受人们的喜爱,同时也为大家指出了一条种果树奔小康的金光大道。

10.嫦娥

作为第一个登上月球的人,其丰功伟绩被人们广为传颂,为人类可以在月球上生活提供了活生生的例证。

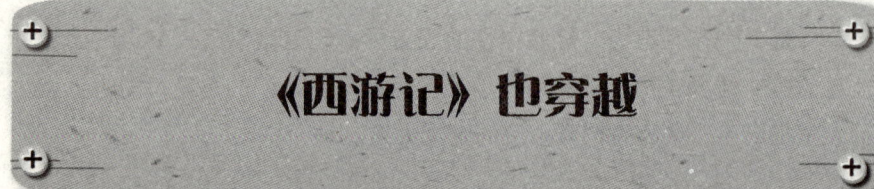

《西游记》也穿越

1.

一日，唐僧师徒遇上了非常厉害的妖精，妖精没费力气便将师徒四人通通绑到了洞里，一边支起大锅，一边磨刀霍霍，唐僧却始终面带微笑从容不迫。

妖精大笑："马上就要吃你的肉，你还能如此淡定？"

唐僧微笑："为何要吃我的肉？"

妖精道："吃了你的肉可以长生不老啊。"

唐僧不屑："谁说的？"

妖精愣了一下："都这么说来着，谁说的搞不清楚。"

唐僧笑道："那我问你，需吃多少分量？一日须吃几次？需要连吃几天？如何加工炮制？需要何种药引？有无毒副作用？……"

妖精傻眼了。

唐僧再接再厉:"看来你没有说明书,要不还是请一个大夫来开个处方?此事重大,若该是生吞活剥,你这煮着吃恐怕无效,若该是煮着吃,生吃恐怕要闹肚子啊!"

妖精简直要哭了。

唐僧站了起来,妖精竟然过去给他松了绑,痛哭流涕:"高僧莫怪,小的也是不明真相的围观群众啊。"

2.

一日师徒四人来到盘丝洞,只见水池中七位美女正在洗澡,八戒馋得嘴巴流出口水来:"七仙女。"

唐僧只是匆匆瞟了一眼,立即双手合十:"妖怪。"

悟空道:"佩服佩服,这七人正是妖怪,可是师傅不曾有火眼金睛怎知道她们不是七仙女?"

唐僧微笑:"那七仙女一个嫁给了董永,哪里还会有七个人洗澡啊。"

3.

唐僧师徒从西天取得真经回国,唐僧一边忙着译经一边写回忆录。悟空等人非常想知道在回忆录里自己的表现。沙僧第一个打听:"师傅,你写的回忆录里可有我啊?"

唐僧道："没有，现在是唐朝，我写的是《大唐西域记》，这里面没有你，也没有悟空和八戒。"

沙僧欲退。

见沙僧不语，唐僧略感歉疚，连忙掐指一算，安慰道："不过别急，等到了明朝，有一本叫《西游记》的书里面会有你们几个。"

沙僧大喜。

八戒也问："师傅，那本叫《西游记》的书里面怎么说我的啊？"

唐僧笑道："说你醉戏嫦娥MM，还在高老庄有一段美好的爱情。"

八戒欢天喜地。

悟空急了："师傅，那《西游记》里可有俺老孙的美好爱情啊？"

唐僧微笑道："没有，那本书里你有一副铁石心肠，没有男女私情。"

悟空失落极了："那不是很无趣？"

唐僧有点过意不去，掐指再算："有了，打那儿以后，再过几百年，有一部《月光宝盒》，那里面会有你的爱情。"

4.

唐僧将悟空从五行山下救出，悟空拜唐僧为师，唐僧很快就为悟空办好了护照——通关文书。

悟空接过文书一看，只见上面写道："大唐高僧孙悟空博士"。悟空见状，满心欢喜。此后唐僧又陆续收了八戒和沙僧，唐僧为他们办的护照上也都是"博士"。

一天，师徒来到乌鸡国，在皇宫见过乌鸡国王。

唐僧递过文书，国王看了一眼，转过脸冲着悟空等人，唐僧忙解释道："这三人是我的徒儿。"

　　三人也将文书递上。

　　国王一一翻看："孙博士！猪博士！沙博士！"

　　说得三人昂首挺胸自豪不已。

　　国王大吃一惊，急忙走下金銮殿，紧紧握住唐僧的手："有失远迎啊，没想到是大唐的博导来了。快请，快请……"

古人的那些糗事——
我没娶上媳妇，把你给耽误了

★ 馊主意

古时侯，有个姑娘就要出嫁。别人对姑娘的父母说："女儿出嫁后，不一定就能生儿子。所以平日应该让她从婆家多偷些衣物、器具藏在外面，防备着一旦不生儿子，被婆家赶出来，生活还能有着落。"

姑娘的父母觉得这个主意很对，便让女儿经常在外面藏私房钱。姑娘的公婆发现了这件事，就说："做了我家的媳妇，却又生外心，这样的媳妇怎么能要？"于是便把她休了。

姑娘的父母更加佩服给自己出主意的那个人有远见，便把女儿被休的事告诉了他，并认为那人对自己很忠心，所以始终对他很好。

⭐大官游寺庙

有个大官去游寺庙。喝酒喝得兴起,吟起唐人诗句:"偷得浮生半日闲。"

一老僧在旁,边听边笑。大官问他为什么笑,他说:"您得半日闲,老僧却为此预备了整整3个月。"

⭐呆女婿爬梯

有个痴呆女婿,不通世事,每次在岳父家吃饭时,总要被另外几个女婿压坐在下位上。

妻子为此感到惭愧,就嘱咐他千万要往上座坐,然而他始终弄不明白该怎样坐。

这天,痴呆女婿与妻子及其他几位姊妹女婿相聚在岳父家,把酒让座之时,妻子倚在门口往高处斜挑着眼睛给他递眼色,意思是要他坐在上座。

痴呆女婿不解其意,以为要他坐在高处,见庭院中有把梯子竖在房檐边,就马上爬到梯子中间坐了。妻子着急了,再次瞪着眼睛暗示他。痴呆女婿仍然不明白要他怎样坐,情急之下大声叫嚷道:"总不能叫我到天上去坐吧!"

⭐刚烈父子

有父子二人,都是刚烈性情,丝毫不肯让人。

一天,父亲在家里留客宴饮,让儿子去城里市场买些肉回来。儿子提着买来的肉,将要出城门时,正好对面来了一人,由于通道狭窄,二人各不相让,都不愿失面子,就冒着眼珠挺立在那里对视着。

父亲见儿子去了很长时间还没回来,就出去寻找,正见儿子与那人僵持对立着。父亲顿时来了气,对儿子说:"你先把肉提回家陪客人吃饭，我留在这里与他对立。"

★郑人买履

有个郑国人，想买一双鞋子，他就预先用条绳子量好了脚的尺寸，却把绳子忘在了家里，然后上集市买鞋去了。

他来到集市，在一家鞋摊上相中了一双鞋，便想量一下。往衣袋里一摸，才发现忘了带那条绳子来。他急忙把鞋放回鞋摊，对卖鞋者说："我忘了带鞋的尺码了，等我回家拿来再买吧。"

等他急冲冲地赶回来的时候，集市早已散了，结果也没能买到鞋子，直气得他两眼发呆，什么话也说不出来。

有人看到他这副垂头丧气的样子，就对他说："你为什么不用自己的脚试一试呢？"他却说："我宁肯相信我量好的尺码，也不相信我的脚。"

★刑前之虑

一名死囚犯在被绑赴刑场时，先解开衣襟，用手在胸脯前连拍了几下。人们问他这是为何，他说："恐怕伤了风，那可不是闹着玩的。"

解差绑着他走到半路上，忽然听到乌鸦的叫声，这死囚连忙把牙咬了三遍，又把"元亨利贞"四个字记念了七遍，才稍稍心安。有人问他这是为何，他解释说："听见乌鸦叫将会有口舌之争，念几遍吉利话就会消解了。"

在刑场临开斩时，他又对刽子手说："求你用粗纸把刀口擦干净了，我听说剃头的刀若不干净，剃了头就要生疮。如今这刀若不干净，假若生起疮来，什么时候能好？"

★ **不许擦嘴**

古时有一家一子话多,常失言。

某日客至,其父告曰:"吾与客人讲话不许你插嘴,违则饿你三日无食。"

席间,子泣下。甚恶。

为母见此状送巾于子曰:"出去擦擦。"三催未动。

子泣而曰:"父不允擦。"

★ **人都是要死的**

古时,有一个叫王元美的人,一次他去参加宴会,来客中有一个人大吹大擂说他最会算卦,于是其他人都争着请这个人给自己算卦。

王元美听得不胜其烦,冷冷地说:"要说算卦嘛,我也会,而且一算必应,还不用像他算起来那么费事。"

大家又争着请他算卦。王元美指了指所有人说:"我算定了,在座的每个人将来都是要死的。"

★光棍的老丈人

古时候,有一个无赖想取笑一个光棍。

无赖便说:"老兄,今年你上你老丈人那里去了吗?"

光棍说:"去了。"

无赖很疑惑地想:"一个光棍怎么会有老丈人呢?"

他又问:"那你老丈人怎么和你说的呀?"

光棍说:"我老丈人抱着我大哭,他对我说:'你没有娶上媳妇,把你给耽误了。'"

★三平三乎

有一县官让管家去买三瓶酒,却写成了"三平(瓶)酒"。管家说:"老爷,不是这个'平'字。"

县官提笔在"平"字下加了一钩,说:"三乎(壶)也罢。"

★没穿错

从前有个财主带着仆人出门,走到半道上,财主对仆人说:"莫非今天出门急穿错鞋子了,好像鞋子一高一低哦。"

于是叫仆人回去看看是不是穿错了,过了一会儿,仆人跑回来说:"老爷,没穿错,家里那双鞋子也是一高一低的。"

★买马

有个秀才想买一匹马,骑着进京赶考。来到集市,一个马主迎上前说:"相公,我这匹马是千里驹,一口气能跑千里。"

秀才一听,便对马主说:"京城离此九百里,你的马一口气却跑千里,那一百里路难道让我走回来吗?"

⭐ 及第

一举子往京赴试,仆挑行李随后。行到旷野,忽狂风大作,将担上头巾吹下。

仆大叫曰:"落地了!"主人心下不悦,嘱曰:"今后莫说落地,只说及第。"仆领之;将行李拴好,曰:"如今任你走上天去,再也不会及第了。"

⭐ 不明

一官断事不明,唯好酒怠政,贪财酷民。百姓怨恨,乃作诗以诮之云:"黑漆皮灯笼,半天萤火虫。粉墙画白虎,黄纸写乌龙。茄子敲泥磬,冬瓜撞木钟。唯知钱与酒,不管正和公。"

⭐ 解梦

一作吏典者,有媳妇最善解梦。适三考已满,将往谒选。

夜得一梦,呼媳解之。媳问:"何梦?"公曰:"梦见把许多册籍放在锅内熬煮,不知主何吉凶?"媳曰:"初选一定是个主簿。"隔数日,公曰:"我又得一梦,梦见你我二人皆裸体而立,身子却是相背的,何也?"媳曰:"恭喜一转,就是县(现)丞(成)。"

⭐ 家属

官坐堂,众役中有撤一响屁,官即叫:"拿来!"隶禀曰:"老爷,屁是一阵风,吹散没影踪,叫小的如何拿得?"官怒云:"为何徇情卖放,定要拿到。"隶无奈,只得取干屎回禀:"禀老爷,正犯是走了,拿得家属在此。"

★ 借药碾

一监生临终，谓妻曰："我一生挣得这副衣冠，死后必为我殡殓。"妻诺。既死，穿衣套靴讫，唯圆帽左右欹侧难戴。

妻哭曰："我的天，一顶帽子也无福戴。"生复转魂，张目谓妻曰："必要戴的。"妻曰："非不欲戴，恨枕不稳耳。"生曰："对门某医生家药碾槽，借来好做枕。"

★ 书低

一生赁僧房读书，每日游玩，午后归房，呼童取书来。童持《文选》，视之，曰："低。"持《汉书》，视之，曰："低。"

又持《史记》，视之，曰："低。"僧大诧曰："此三书，熟其一，足称饱学，俱云低，何也？"生曰："我要睡，取书作枕头耳。"

二师兄,是我啊

猪八戒嫌自己长得太丑了,一点都不帅,就去韩国整了一个容回来。那天,刚好泡一个MM,两个人见面过后,猪八戒得意地说:"现在谁也认不出我来了吧!"那个MM突然说:"二帅兄,我是沙僧!"

唐僧师徒四人坐在草地上休息,两个小妖远远地观望着。甲对乙说:"大王叫我们抓唐僧,却不知这四个中哪个才是。"乙道:"我也不认识,不过听说唐僧是这四人的头儿,就跟咱大王一样!"甲松了口气:"你早说嘛,头儿的特征太明显了!"于是……猪八戒被抓走了。

唐僧师徒四人去取经的路上，突然有个妖怪腾云驾雾把猪八戒给抓走了。唐僧骑上白龙追了上去，说："你们弄错了，我才是唐僧，那是我的徒弟八戒，你们要抓的应该是我，而不是他。"然后妖怪蔑视道："你才弄错了，那是以前，现在猪肉比你值钱多了。"

一天，猪八戒很伤心地问唐僧："师父，我是不是世界上最丑的？"唐僧无奈答道："你去问观音姐姐吧。"一个小时后，八戒开心地回来了，笑眯眯地问："师父，那个凤姐是谁啊？"

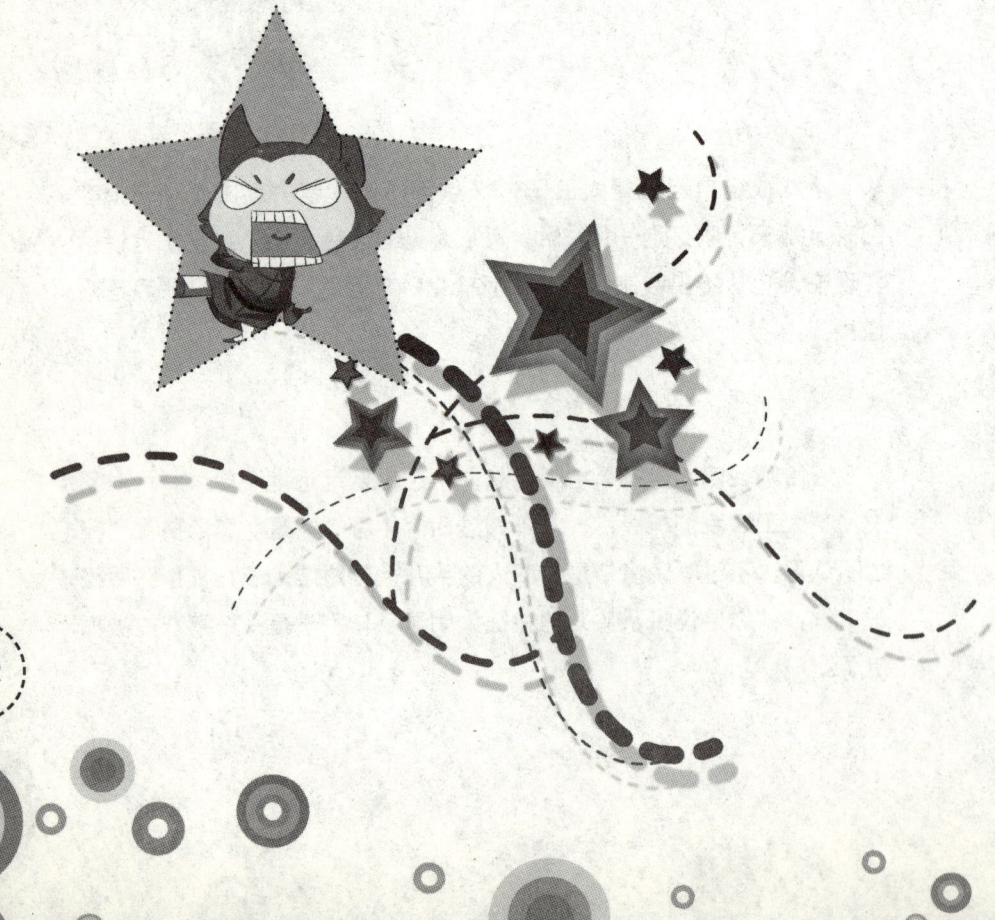

偷吃"毒药"

从前,有个和尚有一天忽然想到要吃蒸饼,就专门到寺外买来几十个蒸饼,还买了一瓶蜜,回房后就一人大吃起来。美美地吃过蒸饼以后,这和尚就将余下的蒸饼盛放在钵盂中,将蜜瓶藏在床下边。临外出的时候,这和尚特意吩咐弟子说:"照看好我的蒸饼,不得少一个;床下那只瓶子中盛的是极厉害的毒药,人若吃了,必死无疑。"

这和尚离开后,他的弟子就用蒸饼蘸着蜜大吃起来,到最后仅剩下两个蒸饼。

和尚外出回来,向弟子索要蒸饼和蜜瓶时,见此情景,大声责怪说:"你竟敢偷吃我的东西?"那弟子装作十分害怕的样子,小声地说:"您走以后,我闻到蒸饼的香气,实在馋得忍不住,就拿过来吃了。心里又害怕您回来责怪,所以就又吃光了瓶中的毒药,希望能尽快死掉,谁想至今还平安活着。"

和尚气得浑身哆嗦,愤愤地说:"造孽啊,造孽啊!竟吃光了我的蒸饼,吃光了我的蒸饼!"那弟子故意装着糊涂,连忙用手把剩下的两个蒸饼从钵盂里拿出来,三口两口就吃光了。他抹抹嘴向和尚报告说:"师父啊,我刚才就是这样吃光的。"和尚气得从床上跳下来大叫不已,那弟子慌慌张张地逃走了。

《射雕英雄传》笑话

黄药师一曲《碧海潮生》吹罢,仇家们纷纷肝胆碎裂,倒地而死。

黄药师:"……哈哈哈哈!病体樵夫,你们的内力又怎么能听得了老夫的曲子啊!"

桃花岛仆:"主人,您吹得跑调不说,还每天都吃臭豆腐大蒜不刷牙……要不是我们这帮人都是聋子,还提前戴好了防毒面具,我们也早挂了啊……"

黄蓉:"爹,你喜欢靖哥哥吗?"

黄药师:"喜欢啊,简直是太喜欢了!"

黄蓉:"耶!你喜欢他的哪点?"

黄药师:"我想在桃花岛上注册一个残联,梅超风是瞎子,陆乘风是瘸子,仆人都是聋哑人。我苦心找了这么多年,一直就差一个傻子……"

杨康:"郭兄弟,我看你们的这对白雕不错,我花一千两银子,你们能不能卖给我呢?"

黄蓉:"靖哥哥,卖给他吧!你们兄弟一场,就答应人家吧!"

杨康:"还是嫂子痛快!这对雕忠诚吗?"

郭靖:"那还用说,蓉儿卖过四次,每次它们都飞回来了。"

陈玄风奄奄一息:"贼婆娘,我不能陪你一起死了……《九阴真经》……其实就在我的身上……"

梅超风:"啊!你这贼汉子。"

陈玄风:"都怪我以前没有告诉你……其实,《九阴真经》就刺在了我的身上……你记住……我肚皮上的是第一章,左脸上的是第二章,第三章在左脚心上,右手手心是第四章……第四十八章,在左边腋下,右边胸上的,是第四十九章。最后,最重要的是……千万不要搞错顺序……切忌切忌……"

(说完,嘟的一声就挂了。)

梅超风:"555555……为什么上天总要跟我这个瞎眼的寡妇过不去?"

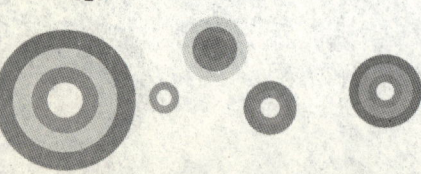

东邪西毒老顽童

【西毒篇】

压鬼岛上。

欧阳锋:"郭靖!我昨天让你削的一百根圆木削好了没有?"

郭靖一摊手:"好了!为了削圆它们我还真没少花工夫呢。"

欧阳锋:"天哪,我的筷子……我只是让你削得圆一些,可是你却削出了这一大筐的筷子和牙签……"

欧阳锋教欧阳克夜观天象……

欧阳锋:"我说克儿啊,你看,那拖着长长的尾巴的星星就是流星啦。传说把愿望说三遍就能实现!"

欧阳克:"哇,可惜它降落得太快了。"

欧阳锋:"对啊,所以说,一生中有很多的愿望是实现不了的……"

此时,欧阳克突然看到天上一闪。

欧阳克激动地说:"蓉儿,蓉儿,蓉儿!"

欧阳锋:"蠢猪!那是个棒球朝我们飞过来了,你还不快躲!"

杨康:"师父,弟子平生最怕毒了,怎么办啊?"

欧阳锋:"康儿啊,你应该每天试着尝一些毒,起初只能一点点,然后逐步增加剂量。百日过后,一定就会百毒不侵了!"

百日过后……

杨康:"毒……毒……快给我毒……"

【老顽童篇】

周伯通:"老叫花,这可是我冒着生命危险从皇宫里偷出来的好东西啊!咱们还不快尝尝!"

洪七公:"咦,是什么呢?"

周伯通:"肯定是那天大金国使者带来的贡米,你们看这可是皇上自己写的'一人一口米'啊!"

洪七公:"嗯!色泽很独到,嚼起来也怪怪的,果然是奇品!"

与此同时，王宫里。

皇上："奇怪，留着让御医化验用的屎盒放到哪里去了？上面还差'田共'两个字没有写呢……"

郭靖、洪七公、欧阳锋和欧阳克正在大海上航行，突然，老顽童出现在海面上……

周伯通："嗨——你们看，我在骑鲨鱼哪，哟，速度好快的……拽不拽？厉不厉害？羡不羡慕？拉不拉风啊？"

众人心想："真服了，骑了条海豚还那么得瑟。"

老顽童在山洞里闭目打坐，双手合十，浑身颤抖，口中正在念念有词……

郭靖："……周大哥，你也开始信佛了？"

周伯通："No，我在玩双手互搏呢，在比哪个手的推力大。"

【完颜洪烈篇】

看到完颜洪烈已经入睡,杨康提着刀犹犹豫豫地走了进去……谁知完颜洪烈从对面的铜镜里看到了影像,马上回过身来死死地攥住了杨康的手。

杨康:"我右手拿刀呢,您攥我的左手干什么?"

完颜洪烈:"奇怪!我刚才明明看到你是左手拿着刀!"

杨康心想:"还六王爷呢,连镜面里成的是反像都不知道……"

完颜洪烈:"康儿,你怎么了?你不会是想向爹爹下毒手吧?"

杨康:"父王……其实孩儿是看到您的后背上落了一只苍蝇,是想帮您把它弄死的。"

完颜洪烈:"真的?康儿,那麻烦你了……"

五分钟过去了。

杨康:"……最后一刀!……相信我,孩儿下一刀一定能够刺中的!"

完颜洪烈:"康儿……拜托了……再扎不到它,父王可实在撑不下去了……"

郭靖潜入完颜洪烈的药房,看见地上盘了一根弯弯曲曲的"绳子"。

郭靖:"歹势啦!这一定就是梁子翁养了二十多年的那条'大补'蛇啦,看我今天不吸干它!"

当晚,黄蓉:"靖哥哥,还是臭,你再去刷一遍牙吧!"

郭靖:"……不知是哪个天煞的竟在药房里撒大条……还盘得那么圆……"

郭靖与黄蓉的大学生活

大家都知道历史系的郭靖是个极笨的孩子，只是运气好一点而已，在校花、计算机系的黄蓉受记过处分的时候，帮她在东门外买了一碗牛肉粉丝汤，令黄蓉感动不已，一见倾情，从此爱上了他。学校里许多男生都为此愤愤不平。

这其实怪不得郭靖，当时的情况是这样的：黄蓉考试作弊被她爸爸捉住了。其实黄蓉成绩那么好大可不用作弊，她是帮同班同学周伯通作弊。周伯通是个很可爱的同学，只是不知道如何得罪了导师黄教授，老是被黄教授关，一年年地关，已经关了15年了。黄蓉看周伯通同学年纪那么大了还没毕业，怪可怜的，就把答案写在口香糖纸上递给他，结果被她爸爸、计算机系名教授、脾气怪和学问好一样出名的、有"东邪"之称的黄教授当场抓住，试卷没收，呈报教务处。

教务处主任欧阳老师看在黄教授的面子上没开除黄蓉，只记了个过。可黄蓉恨死她爸爸，发誓从此以后再也不笑，谁第一个引她笑她就嫁给谁。

过了几天，周伯通觉得不好意思跑来安慰她，说自己之所以计算机老是不及格是因为在钻研哲学，已快拿到哲学博士学位了。黄蓉说："你要死呀，你就不怕被我爸爸看见。"周伯通摇摇头说："不要紧的，我右手记黄老邪的笔记左手写哲学论文，这叫左右互补，黄老邪只当我在专心听课。喏，就这样，我右手编VB程序左手写《论康德对于上厕所问题的形而上学》。"

黄蓉"扑哧"一声笑了，说："怪不得上次我爸爸边批photoshop作业边叹气说，有学生做照片做什么不好做一张康德尿尿的照片，也不用马赛克处理一下。"

黄丫头笑完后觉得有点不对，不过想想周伯通年纪太大不能嫁给他，这个誓不算，就又立了一个誓：谁第一个真心诚意地买东西给她吃她就嫁给谁。

第二天，黄蓉见识到违誓带来的霉运当头。先是早上她的处分通知贴了出来，贴在校门口的橱窗里，令黄蓉有一种五脏六腑被拿出来展览的感觉；再是中午她在食堂吃饭的时候，包被偷走了，里边钱包、手机、薯片、香水等。到了晚上黄蓉心情郁闷想冲杯牛奶喝了洗洗睡，结果牛奶刚冲好手一滑杯子跌在地上跌得奶香四溢。

黄蓉受不了，在寝室里大喊"我要退学我要退学"，然后趿拉着拖鞋披头散发地就跑出了所住的学校东区。

东门外每天晚上都热闹非凡，这里有二十几个夜宵摊子，每个摊子前都有二十几个人在等吃夜宵。黄蓉走到一个卖牛肉粉丝汤和小馄饨的摊子前觉得饿了，她中午丢了包晚饭没有心思吃，可现在身上分文没有，拿什么买东西吃啊？

大家知道，黄蓉是个十分任性的学生，此时她又下了一个十分任性的决定。她想反正我要退学了，又不好回家，只能去做流浪汉了。流浪汉衣食无着，有时就拿，无时就骗。今天我去白吃一碗粉丝汤算是开个张吧。

打定主意以后，她看准一碗刚刚烧好的牛肉粉丝汤一把捧过低头就走，忽然听到一个声音在喊："喂，这……"她就撞到那个声音上了，粉丝汤一大半泼到那个声音上，那个声音才把后面的话说完："……是俺的粉丝汤。"黄蓉的脚趾也被粉丝汤烫到了，心里一阵苦闷，她把空粉丝碗往那个声音手里一塞，说："俺，俺你个头啊。全还给你，这下可以了吧。"想起几天来一连串的不幸遭遇，终于忍不住呜呜地哭了起来。

谁知那个声音却出奇地善良，居然说："别哭别哭，你真的要吃俺还有一碗，不过放过辣椒了，不知道你还要不要吃？"黄蓉终于收住眼泪，抬头看那声音，那声音是个大个子，套在一件笨头笨脑的黑外套里，黑外套上汤水淋漓，还有几根粉丝、一片牛肉挂在胸前，正愣愣地捧着一碗红红的粉丝汤不知所措。黄蓉一把抢过粉丝汤，说："俺吃，俺吃。"大口大口地喝起汤来，那粉丝汤果然奇辣无比，辣得黄蓉满头是汗。那声音还在一旁嘀咕："想不到比我还能吃辣。"

黄蓉又一次想哭，于是她放下粉丝汤碗，伏到那汤水淋漓的胸口哭了起来，一边哭一边告诉那声音："我曾发过誓，谁第一个真心诚意地买东西给我吃我就嫁给他，你就是那第一个。"

就这样黄蓉爱上了郭靖，这使郭靖成了众矢之的。因为大家都知道校学生会主席欧阳克一直在暗恋黄蓉。欧阳克还有他叔叔、教务处主任欧阳锋撑腰。欧阳锋号称"西毒"，做事心狠手辣，这次他没开除黄蓉可能就有他侄子的缘故。大家想欧阳克神通广大一定会整郭靖一下，都希望看看热闹，因为大家虽然都不肯承认喜欢黄蓉却都众口一词地说郭靖讨厌，追一个人很难，嫉妒一个人却很容易。

一大早电话铃响。郭靖"咚"的一声从床上跳起来，光着膀子就去接电话。喂了一声他沮丧地朝对床喊："杨康，电话。"杨康在床上翻了个身，迷迷糊糊地说："不接不接，我要睡觉。"郭靖说："是穆念慈。"杨康无可奈何地爬下床去接电话。"喂，杨康啊，今天逻辑与思维方式课丘处机要做课堂练习，不想重修就快来上课吧。"

杨康跑到教室，丘处机正在讲假言推理。这家伙脾气暴躁，看到杨康大喝一声："杨康，你又睡过头了！"杨康说："报告老师，睡过头不是迟到的必要条件。"丘老师乐了，呵呵一笑说："是不是又是穆念慈打电话叫你来的？"杨康一低头溜到穆念慈边上坐下，他知道又上丘老师的当了。丘老师继续讲课，果然三节课一点做课堂练习的意思也没有。

杨康和郭靖是拜把子兄弟，可是两个人的生性截然不同。郭靖长得笨头笨脑的，可杨康长得很好。杨康老是说自己的眼睛长得像梁朝伟，可别人都说他的眼睛长得像林忆莲。尽管如此，杨康仍算得上好看。他的鼻梁很直，笑起来嘴角会上扬。大多数人会迷恋他的微笑，可实际上不是这个样子的，杨康比人们想得都要冷酷。我从没见过他在别人面前真情流露，但就是他的这种冷酷，令穆念慈无比着迷。

　　以前郭靖从不缺课，可黄蓉告诉他，逃课现在是一件很流行的事。郭靖想，那我就逃逻辑与思维方式课吧，反正这门课我再努力也过不了。郭靖的逃课在寝室里引起了一股风潮，同寝室的尹志平啊、赵志敬啊都想，这个世道连郭靖都逃课了，我们还一本正经地去上课干什么？

　　脾气暴躁的丘处机当即把郭靖等人找来一顿臭骂。郭靖说："丘老师，你关了俺吧，反正你上课说的俺啥都听不懂。"丘老师被噎得一句话都说不出来了。

唐僧与婚介所大妈精彩"斗嘴"经过

猪八戒背着媳妇来看望师父,唐僧瞅见徒弟和老婆卿卿我我,甚是嫉妒,于是去婚介所相亲,婚介所大妈接待了他。

婚介:"姓名?"
唐僧:"唐僧,三藏,也可以叫我小唐,玄奘。"
婚介:"到底叫什么?"
唐僧:"TOM。"
婚介:"年龄?"
唐僧:"不大。"
婚介:"不大?哪一年生的?"
唐僧:"唐朝。"
婚介:"职业?"

唐僧："化缘。"
婚介："什么叫化缘？"
唐僧："就是要饭。"
婚介："有住房吗？"
唐僧："没有。"
婚介："那你住哪儿？"
唐僧："天上。"
婚介："有交通工具吗？"
唐僧："有。"
婚介："什么类型的？"
唐僧："白马。"
婚介："之前有过女朋友吗？"
唐僧："有。"
婚介："都是做什么的？"
唐僧："白骨精，蜘蛛精……"
婚介："你玩得挺深啊！"
唐僧："那都是逢场作戏，感情破裂了。"
婚介："为什么分手呢？"
唐僧："他们都想吃我的肉。"
婚介："对择偶有什么要求吗？"
婚介："那尼姑好不好？"
唐僧："不好，本是同根生，相煎何太急。"
婚介："那观音好不好？"
唐僧："不好，观音是我顶头上司，我不想发生办公室恋情。"
婚介："那王母娘娘好不好？"
唐僧："不好，后台太硬了，我也不喜欢熟女。"

婚介:"那我好不好?"

唐僧:"这……还是要尼姑好了。"

婚介:"你有什么爱好才艺吗?"

唐僧:"我会Rap说唱。"

婚介:"表演一下。"

唐僧:"等我叫个人。"(拿起手机,"悟空快来,师父有好事找你。")

轻轻的悟空来了,带着一片云彩。

唐僧:"悟空,我们来表演Hip-Pop,我来Rap,你来街舞。Come on,Come on。当里个当,当里个当,Yeah,Yeah,阿弥……阿弥陀佛。"(紧箍咒说唱版)

悟空:"师父饶命,师父饶命。"(满地板打滚表演了breaking地板动作)

婚介:"汗!原来是虐待动物。"

沙僧其实是个卧底

沙僧是佛祖安插于唐三藏西行考察组的一个卧底,主要任务是暗中观察唐三藏对于西行的坚定性和抵御风险的能力。原因如下:

1.
途经女儿国,沙僧没有和唐三藏与猪八戒一同喝子母河的水,难道他就不渴吗?难道他能和孙悟空一样翻个跟头就能到九霄云外去喝琼浆玉液吗?!肯定不是,显然他知道了喝子母河的水也是九九八十一难的一项内容,自己没有必要掺和其中。

2.

每次被妖怪抓住，即将面对上蒸笼、下油锅的命运时，不说猪八戒，就连一向以镇定自若自居的唐三藏都大惊失色狂喊"悟空救命"，可是沙僧却不慌不忙地安慰他们说"师兄会有办法的"，显然他知道这只是一项考验而已。

3.

曾经有几回，遇到挫折时猪八戒都曾提议散伙回家抱老婆，就连最忠实的孙悟空也曾被唐三藏逼迫到要散伙回家，但是沙僧却一直装出任劳任怨的样子，一边安抚两位师兄，一边给唐三藏做工作，显然沙僧不想西行之路半途而废，不愿意自己高升的机会白白溜走。

4.

孙悟空是因为大闹天宫被贬为唐三藏的保镖；猪八戒是因为调戏嫦娥才被贬；沙僧原是天宫的卷帘大将，由于打翻琉璃盏，被贬下界。比较中我们可以发现沙僧被贬的理由最为牵强，显然是有内幕。

悲催沙僧借钱记

话说唐僧师徒四人西天取经回来后,纷纷不甘寂寞,先后下了海。首先是师傅唐僧凭借饱读诗书的优势,写了《我和女儿国国王不得不说的故事》、《我的三次艳遇》等畅销书,然后成立了唐三藏文化公司,很是红红火火;大徒弟孙悟空利用出家之前的资源优势,开发了花果山旅游开发区,发挥山美水美猴更美的优势,游人们是趋之若鹜,也是大发了一笔;二徒弟猪八戒回来后就回到了日夜思念的高老庄,从年迈的高员外手里接下了高老庄实业公司,也舒舒服服地当上了总经理。

只剩下了三徒弟沙僧由于人老实,也没有什么后台,就在大师兄那儿打工,做了保安队长,倒也做得津津有味。可有一天碰到了白马,也就是三太子,两个人就去了花果山大酒店,等到酒过五巡,白马已有一点醉意,问沙僧:"老兄难道没有什么打算吗?"沙僧知足地说:"我现在挺好的,大师兄对我也挺好,工资比一般的员工要高得多呢!"白马长叹一声:"你没见过大世面啊,看师傅和大师兄多么风光,连二师兄不也……,凭什么你就给他们打工呢?"沙僧听了,想到大师兄坐着豪华轿车,而自己却要给他开门,心里确实也不是滋味,"我又何尝不想做总经理,开办自己的公司呢,可是没有资金呀,再说,做什么好呢?"

"没有钱可以借,至于做什么,你原来不是在流沙河吗,就在那里开个航运公司!"

沙僧还是没有信心,"离别这么长时间,他们会想起师徒情谊,借给我吗?"白马胸有成竹,附在沙僧耳朵上如此如此交代了一番,听得沙僧连声称妙。

就这样沙僧积极行动起来,首先来到师傅唐僧的别墅,见唐僧和女儿国国王正在喝着酒,跳着慢四。唐僧看到沙僧进来,就坐了下来。沙僧好久没见师傅了,仔细打量了一番,只见师傅穿了一身礼服,打着领结,一番绅士风度。沙僧说明了来意,唐僧没有说话,只是从女儿国国王胸前解下了一串珍珠项链,沙僧知道一场折磨是不可避免的了。

早在取经的路上，唐僧就养成了一个习惯，每当给他们训话的时候就会捻一串珠子，现在只不过把木头的换成珍珠的了。沙僧想着当时的情景：大师兄孙悟空是最讨厌师傅讲书的了，记得他有一个形象的比喻，"像是一群苍蝇在嗡嗡地飞"，这个比喻还被观音称为很有文采，而二师兄总是忽闪着那对大耳朵，沉思着什么事情，自己呢，好像总是睡觉。沙僧正在沉思，唐僧已经开讲了："要说天底下最忘恩负义的就是你们师兄三个了，回来这么多年，一个也不来看我，你们不能一块来，难道不能单独来？就是不能来，难道不能打个电话、发了短信？实在不行，发了E-mail总行吧，可这你们也做不到。想当年，为师告别唐王，在五指山救下了悟空……"唐僧从接受唐王的命令，讲到了收服他们三兄弟，讲到了三打白骨精，讲到女儿国，唐僧不愧是写作高手，把九九八十一难活灵活现地再现一遍，讲的是唾沫飞溅，口干舌燥，终于讲完了。睁眼一看沙僧正目光炯炯地听着，只是手臂上多了几个流着血的窟窿，沙僧说："听到师傅说得这么好，自己一激动，就……"唐僧很满意，既然你有志气，为师当然支持你，这是我刚写的《怎样用猪肉炒出唐僧肉》一书的稿酬50万你拿去用吧。

沙僧虽然受了点罪，但不虚此行。兴高采烈地来到孙悟空的公司。孙悟空正在听秘书铁扇公主汇报工作，看到沙僧进来，问道："沙师弟，有什么事吗？""没有，没有，……""有事给我说嘛，没有你师哥办不了的。""师傅不让我说。"悟空一听就急了，一把抓住沙僧，"你到底说不说？"

沙僧把自己要开公司缺钱的事情说了，"师傅对我说，不要向你借钱，他说你不懂经营，不会赚钱，只知道……"他看了一眼铁扇公主，没有再说下去。

悟空也顾不了自己的总经理身份，一下就跳到了桌子上，骂道：

"这老和尚，只会编一些爱情故事，哄女孩玩，倒管起老孙的事情来了，老孙偏要和他比比看，他不就给你50万嘛，我给你100万！"

这时铁扇公主咳嗽一声，悟空怒道："你咳嗽也是100万。"

沙僧坐在开往高家庄的波音747上，心里暗暗高兴，"老白送给我的三字秘诀，前两个'忍'、'激'都成功了，只不知道这最后一个'诱'怎么样？"

下了飞机，看到猪八戒穿着一身休闲服一脸笑容地走了过来。可能是因为肚子太大的缘故吧，他总是无意识地提裤子。

师兄弟俩好久没见，自然亲热一番，八戒还用嘴啃了沙僧的脸一下。

坐着八戒的林肯房车，一路飞奔来到了高老庄。吃过了饭，沙僧向猪八戒说明了来意，猪八戒抹了抹嘴，"沙师弟，你又不是不知道你二哥的能耐，现在我这个公司是月月亏损啊，幸亏我在取经的路上攒了点银子，不然早就倒闭了。"说完便长吁短叹起来。

沙僧不再说这事，装作无意地指着电脑，"师兄也玩上高科技了，不知道用过网一泡没有？"

"QQ我倒用过，这网一泡，是为何物？"

"很好玩的，我在上面和一个叫呼吸，还有一个叫大苹果的聊得死去活来，唉，那种滋味，别提了。"

"她们是谁，漂亮不漂亮啊？"猪八戒马上来了兴趣。

"那还用说吗？以前你见过的，就是蜘蛛精和老鼠精啊，不仅漂亮而且性感呢。"

猪八戒想起了以前的事情，哈喇子立即流了三尺，心想，那时候不是师傅装正经，也就……这次一定不能放过，忙对沙僧说道："好师弟，快教给我怎么用吧。"

沙僧叹了口气："我现在没心情呀！"

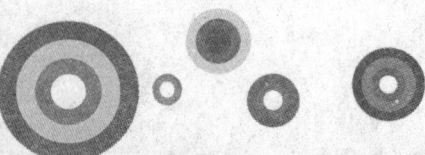

猪八戒吭哧了一会儿，提了提裤腰，"虽然我没有很多钱，但我们十几年的兄弟，我也不能坐视不管，是不是？我和师傅一样，借你50万，利息你看着给就行了。"说着，就签了50万的支票。

沙僧心里想："还利息呢，到时候不知道谁求谁呢！"

"对了，关于借钱的事情不要给你嫂子说，呼吸和大苹果的事也不要说，本来没什么事情，传出去就不好了。"

沙僧就把白马给她的两个号码给了猪八戒，高兴地回去找白马商量具体事宜去了。

沙僧委屈啊

又到年终了，沙僧跃跃欲试。

往年评选都轮不上他。大师兄孙悟空出尽了风头，二师兄也不甘寂寞，虽然又懒又馋，但凭一张能啃能拱的嘴，所以也能沾上光，虽弄不上个劳模但也能弄个先进混混。年年开花都是人家院里红，他沙僧呢，年年都是光秃秃的，任啥也不是。

不管怎样，去年不是还是人家大师兄打败了黄袍老怪，救了师父，二师兄也去请了大师兄，也算有功，得个先进也是应该的，俺自己呢，也就甭提了，反正总得有人当后进吧，咱当就算了，谁叫咱没那本事呢。可今年就不同了,这一路上也没碰上个兴风作浪的妖怪,西行也还算顺利,若论功劳呢,都是有的,这一年不都是一步步走过来了吗?你大师兄走,二师兄走,俺沙僧还挑着沉重的担子一步步走呢,这论苦劳就不一样了吧,一路风餐露宿,翻山涉水,那沉重的行李担子也没见你们哪个来替我抗一下啊,就算一小会儿也成啊,你们说对不对?还记得吧,翻越那山时,你们空着手,走得轻飘飘的,俺呢,累得直喘大气,大汗淋漓,腿软手软,也没见个人来问一声辛苦。大师兄在前面还猴蹦猴蹦的,一个劲地搓着手说:"快,快,快啊,快跟上啊!"二师兄呢,牵着个马,腆着个大肚子,什么也没拿,还可着嗓子喊:"累!累!真他妈的累!"

猴哥,歇会儿再走吧。我是个闷葫芦,不爱说话。你们也就不看看我,不闻不管,管他累成个啥样子呢。这个山一翻就翻了二十多天,不过还好,总算挺下来了,翻过了这座山没有累死。但这一路有多少个像这样的山哟,你们数过没有,平顶山、豹头山、秦岭、青龙山、六盘山……我心里都数着呢,一共是十三座山。

师父说了,明天就要进行年终总结,评选劳模,这劳模我想今年非我莫属吧?

评选开始了,师父唐僧讲了当前的形势和今后的任务,无非是老一套:

"一要安定团结,紧紧围绕在佛祖周围,时刻听从如来的召唤;二要一切从大局出发,舍小家,顾大家,要公而忘私;三要互相团结,协助师傅去西天取经,排除千难万险,完成如来佛祖交给我们的光荣任务。"师父讲完了说,"现在开始评选吧,谁先发言?"

往年师父这样说了,大师兄就迫不及待地跳起来抢着发言,大谈他和妖精的斗争史。今年没有遇到妖精,沙僧就想:"大师兄该提议俺当劳模了吧?"但大师兄并没有提他,大师兄抓耳挠腮了半响,说：“今年，一方面妖怪们慑于我老孙的威名，没敢出来；二是我老孙走在前面，运起一双火眼金睛搜索，稍有敌情，我立马消灭他们，所以一年来，看似我很安逸，其实我累着哪。不说别的，单就说我运起那一双火眼金睛，就要耗费我好多功力。"大师兄说到这里嘿嘿儿一笑："关于劳模，嘿嘿，我想还是得考虑稳妥了好，八戒你说是吧，至于这先进，我看还是给八戒为妥，呵呵，八戒这一年来也没闲着，一边牵马还一边支楞起他那对大耳朵，听着四面八方的动静，总也没睡过安稳觉……"沙僧听不下去了，噌的一下站了起来，大声说："大师兄一派胡言，二师兄又懒又馋，只要一躺倒了就呼呼大睡……"八戒闻听沙僧的话，这心里还真不是滋味，不禁也站了起来，指着沙僧的鼻子大声说："你才胡说八道呢，俺老猪最辛苦了，不过大师兄也很辛苦，我看劳模还是让猴哥当吧，别人还真不够格呢。我老猪嘛，没有功劳也还有苦劳哩，就当个先进也不为过！"

　　沙僧口拙言笨，听了八戒的话半天喘不匀气，他好不容易结结巴巴挤出一句："论理，我，我最累了，挑了一年沉重的担子……"谁知八戒一听，就双脚跳起来了："你累你累，你要不挑，我上外面立马找一个去，三条腿的蛤蟆不好找，两条腿的人到处都是。反正像大师兄这样降魔除怪本领高强的不好找，像你这样的挑夫都是论堆儿的，哼，还真成了精了你。"直气得沙僧面红耳赤，只有喘气的份儿了。

　　唐僧看闹得太不像话了，出来打了个圆场总结说："要说今年都很尽职尽责，论说都该当劳模，但上级只给了一个劳模的指标，没有办法，我看还是不记名投票吧，以人数的多少来定，大家看如何？"

　　大家一致赞同。投票结果公布如下：

　　悟空：3票

　　八戒：2票

沙僧：1票

评选结果便出来了：大师兄猴哥理所当然评为劳模，二师兄八戒顺其自然当选先进。

没有说的，沙僧落选是不争的事实，但也受到了唐僧的表扬。

大家皆大欢喜，唯有沙僧的心里——冤得慌。

沙僧,你辛苦了……

《西游记》中沙僧的台词真是非常有建设性。

大师兄,师傅被妖怪抓走了!

二师兄,师傅被妖怪抓走了!

大师兄,二师兄被妖怪抓走了!

大师兄,师傅和二师兄都被妖怪抓走了!

师傅,大师兄说得对!

大师兄,二师兄说得对!

二师兄,大师兄说得对!

大师兄,我们在这儿呢!

二师兄,你怎么又要分行李?

师傅放心吧,大师兄会来救我们的。

师傅,不能赶大师兄走啊。

二师兄,这就是你的不对了。

二师兄,你就少说两句吧。

问:沙僧担子里究竟挑的什么?

答:应该是师傅的内衣裤、剃须刀,还有发蜡、男士洗面奶、墨镜、出入境通行证、银行卡、户口本、导航仪、宝马的驾驶证。

大师兄的染发剂、洗发水、护发素。

八戒的营养快线、可乐、汉堡、口香糖、减肥茶、PSP游戏机、MP3!

猪八戒看到白骨精变的少妇样子,说:"女菩萨,人美心善,我也一样。"沙僧说:"你多久没照镜子了……"

古代搞笑小段子

⭐ **《西游记》里唐僧取的是什么经**

最近,我一直在给儿子讲《西游记》,我讲得绘声绘色,小家伙也听得津津有味。

这天晚上,儿子又让我给他讲《西游记》。我正讲着,老婆突然插话问我:"你说,《西游记》里唐僧取的是什么经?"这下还真把我问住了,我赶紧低头沉思。可还没等我想到答案,儿子就抢答了:"这还用问吗?唐僧娶的当然是玉兔精了。"

妻子听后哈哈大笑,我也强忍着笑问:"儿子,你再想想,老爸是这么给你讲的吗?"

儿子挠挠头,想了一会儿,疑惑地问:"爸,那难道是白骨精?"

⭐ 诸葛亮的老妈姓什么

有一个老爷子很喜欢《三国》，熟悉《三国》的每一个细节，常常在人前炫耀，很长一段时间还真没人能难倒他。

这一天，老爷子又在炫耀。

一个小伙子打趣地问老爷子："您既然这么熟悉《三国》，那您知道诸葛亮的老妈姓什么吗？"

老爷子本能地一张嘴，脑子却被卡住了："想遍《三国》所有细节，还真没有说诸葛亮的老妈姓什么，于是老半天，愣是没吐出一个字。"

小伙子看到老爷子这副模样，心中暗自好笑，便说："看来老爷子不知道吧？"

老爷子没好气地说："那你知道？"

小伙子一本正经地说："书中有云'既生瑜，何生亮'，诸葛亮的老妈当然姓何啦！"

⭐ 八戒口误实录

1.八戒挨批了，同事问其脸怎么绿了，答："帽子映的。"

2.八戒娶媳妇，特漂亮，有人说："你小子真有福。"八戒答谢："有福同享。"

3.八戒媳妇生了儿子，八戒找电话给老爸报喜："老爸，偶媳妇给你生了个胖儿子。"

4.八戒生的儿子虎头虎脑的，特可爱，大家开玩笑，夸八戒的本领高，八戒挺谦虚："哪里，全靠大家帮忙。"

5.八戒单位新来一中层干部，大家互叙年龄，八戒说："我是72年的。"对方说是75年的，八戒忙道："那你比偶大3岁，偶得叫你大哥了。"

6.八戒单位的吴部长退居二线,新调来王部长,在迎新送旧的晚会上八戒致欢迎辞:"同志们,我们的老部长吴部长下台了,上级领导给我们派来了能力更强的王部长,大家欢迎王部长给我们讲几句。"

★ 八戒女儿的餐巾纸

晚饭后,八戒照例陷在沙发里看报纸喝茶,媳妇在厨房收拾。

宝贝女儿小八戒扔下饭碗,一头扑过来,对着八戒说:"爸爸爸爸!快让我亲一下!"

八戒一听很高兴,忙把报纸放下,把脸凑过去,说:"宝贝儿!是不是还是觉得老爸最好最亲啊?"

女儿在八戒脸上左右来回亲了好几下,然后说道:"嗯嗯!这回擦干净了!家里餐巾纸没有了,下回去超市别忘了买啊!"

女儿蝴蝶花儿一般蹦跳着飞跑出家门玩儿去了,八戒满脸油光闪闪……

★ 树上结人

一男子暴尸树上,死因不明。

元芳:"大人,这尸体是自己吊上去的还是被人挂上去的?"

狄公:"依你之见呢?"

元芳:"小人认为,大唐盛世枯木逢春,应该是树上结的。"

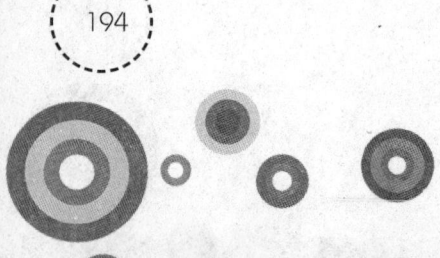

⭐ **高帽子**
古有一官赴任前与老师告别,老师诫曰:"遇事需谨慎。"
学生答云:"我准备好'高帽子'一百顶,逢人便送一顶。"
老师气恼:"正义待人,岂可奉承溜须?"
学生即回答:"天下像老师不喜欢戴'高帽'者能有几人?"
老师颔首。
后该官对人说:"我这100顶'高帽子',只剩下99顶了。"

⭐ **征文比赛**
很久很久以前,英国举行了一个征文比赛。内容要求与皇室、宗教、性及神秘主义有关,要求文章短小精悍,耐人回味。
最终,一个9岁的小女孩勇得了冠军!
她的文章如下:"天哪,女王怀孕了,谁干的?"

⭐ **姐夫**
有一个人没有名字,被人入赘后邻居都喊他姐夫。
一次,他跟人打官司,请人写状子,当问他名字时,他说:"我叫姐夫。"
状子递上去后,县官升堂:"传姐夫上堂!"

当差的齐声喊道:"请姑老爷上堂!"

县官听罢怒喝道:"混账,什么姑老爷!"

差人慌忙跪下道:"回禀老爷,您老的姐夫不就是我们的姑老爷吗?"

★皇帝的圣旨

一天,皇帝挺高兴,意气风发地喝身边的小李子说:"你用一句话来形容朕,说好了有赏,说不好砍了你。"

小李子:"渣!"

然后小李子就被砍了。

★贪恋

一将军拿出他所收藏的珍宝古玩欣赏把玩,一不小心差点把一只玉杯打碎。幸亏他手快抓住了杯子,但已满头大汗了。待他定下心来想:"我出生入死从没害怕谁,为什么一只小小的杯子就让我惊吓成这个样子?"

良久,将军终于悟通了:"有了贪恋之心,才会如此惊骇。"于是,他把那只玉杯打碎了。

★最牛皇帝

话说唐中宗李显是历史上最牛的皇帝,这是为什么呢?因为他自己是皇帝,父亲是皇帝,弟弟是皇帝,儿子是皇帝,侄子是皇帝,更要命的是他妈也是皇帝。于是历史给了他一个很光耀的名字——六位帝皇丸。

★追不上

从前有个山庄，里面有只跑得特别快的鸡，这只鸡跑得比任何动物都快。山庄的主人经常很自豪地吹嘘，说他家的小鸡是跑得最快的。

后来来了一个很有钱的外国人，对这只鸡情有独钟，就对山庄的主人说："我给你20万，你把这只鸡卖给我。"

山庄的主人说："我不卖。"

那个外国人又说："50万。"

山庄的主人很不情愿地说："我不卖。"

外国人听了之后就急了，说："100万！"

山庄的主人听了之后有点心动，可还是说："我不卖。"

外国人生气地说："一只鸡，给你100万你都不卖，你是不是脑子有问题啊？"

最后，山庄的主人很无奈地说："追不上……"

★太迟了

从前，有一个夫人请了一些道士为她的丈夫超度亡灵，做完法事后，一个道士钻进帐篷，非常虔诚地对夫人说："我打算还俗，请你嫁给我吧。"然后，跪在地上求婚。

夫人说："太迟了，我已经答应了给我看病的郎中了。"

★城里的人没有人味儿

从前，有一个乡下的蚊子和一个城里的蚊子是好朋友，有一次乡下的蚊子请城里的蚊子到乡下玩，到了晚上就请城里的蚊子撮饭。因为乡下人穷，都不挂蚊帐，所以两只蚊子饱餐了一顿。

过了些日子，城里的蚊子回请乡下的蚊子到城里玩。到了晚上也要请客人吃饭，可城里人都挂蚊帐，两只蚊子在城里转了半晚也没找着个可叮的人。可是又不好让客人空着肚子回家，城里的蚊子只好带乡下的蚊子到庙里去，两只蚊子对着泥菩萨叮了半天，天亮了乡下的蚊子就回家了。

回去以后，其他乡下的蚊子问它："城里怎么样啊？"它回答说："城里哪儿都挺好的，就是城里的人没有人味儿。"

★董卓与吕布

董卓宴请群臣，为了测试谁对他忠心他就在吃饭时把貂蝉请了出来(全身涂上了黑色)，并吹灭了所有的灯！

3分钟过后点上了所有的灯，董卓发现所有的人手都是黑色的，只有吕布和原来一样，于是董卓便赏了吕布。

吕布高兴地笑了，露出了黑色的牙齿。

★布口袋

一官吏的乌纱帽被妻子打架时踩破了，他很生气，还向皇帝奏了一本："启奏陛下：臣妻很是啰嗦，昨天与臣吵架，踩碎了臣的纱帽。"

皇上见了后传旨道："爱卿你要忍耐，皇后也有此毛病，与朕一言不合，即将皇冠打得粉碎。你的乌纱帽算个什么，顶多是个布口袋！"

★坐骑

话说一天，姜子牙和申公豹相见了，就各自坐上自己的坐骑。

申公豹那天喝酒了，把四不像骑上了。

姜子牙说："你骑四不像，我骑啥？"

申公豹说:"你骑黑斑虎呗!"

姜子牙说:"我可不骑黑斑虎。"

申公豹说:"为啥?"

姜子牙说:"奇虎我怕怕!"

⭐ **死别生离**

有一个富翁请客,酒席倒也丰盛,但有一盘发臭的鳖和一些又酸又涩的生梨子,使人难以入口。席上有个读书人套用了两句古诗道:"世上万般愁苦事,无过死别(鳖)与生离(梨)!"

客人听了,哗然大笑。

⭐ **所谓圣人**

一位老翁在客人面前介绍他三个儿子。

他说:"大儿子是'上等人',因为他怕老婆;二儿子是'中等人',因为他敬老婆;三儿子是'下等人',因为他打老婆。"

客人忍不住问:"老翁是哪种人?"

老翁说他是圣人,因为上中下全来。

★ 毒药汤

从前有位老公公，他很喜欢喝汤。他只要一天不喝就全身不舒服，所以他天天叫他太太煮给他喝。

结果有一天他太太死了，他也没汤可以喝了，于是他开始叫他儿媳妇煮。

可是不论儿媳妇煮得再好，他总是把汤丢在一旁说："不是这个味道。这么难喝的汤你也煮得出来啊！"刚开始儿媳妇总是忍气吞声，心想只要煮出那味道就好。

但日子一天一天地过去了，她依然煮不出来，而且也越来越不耐烦，终于她起了杀机。

她要杀了她公公，可是不知道要怎样下手。她想啊想，突然在角落发现了一罐已生锈不堪的杀虫剂，她把杀虫剂喷到汤里，然后鼓起勇气拿给公公喝。

只见她公公大叫说："就是这个味道！就是这个味道！"

★ 恨书太多

从前有一个读书人很懒惰，他常恨书太多。有一次，他读《论语》，读到颜渊死一节时，便赞赏道："死得好，死得好。"

有人问他为什么，他回答说："他如果不死，再做出那么多书，我怎么读得完，累死我了。"

★罗汉眼珠

有一寺庙要新造五百罗汉，无赖某甲衣食无着，便去对和尚说能够一手包办，而且工钱便宜。和尚大喜，每天供给他好酒好菜。

某甲要了一间空房子，命和尚挑来几担水和泥巴，然后关起门来，吩咐不要去打扰他。

一个月过去了，和尚们还不见动静。有一天，他们推开房门进去一看，只见某甲把泥巴搓成了几百颗小泥丸。和尚问："你不是说能造五百罗汉嘛，为什么在这里搓泥丸？"

某甲大模大样地说："造五百罗汉，需眼珠一千颗，我这不是正在造吗？"

★盲官

一知县识字不多，坐堂问案。书吏呈上名单，原告叫郁工来，被告叫齐卞丢，旁证叫斩釜。知县拍案叫原告："都上来！"三人急忙同上，跪在堂前。知县怒曰："本县叫原告一人，为何全上堂？"书吏直言禀曰："原告名字叫郁工来，不叫都上来。"知县又点被告："齐下去！"三人一拥而下。知县怒曰："本县叫被告一人，为何全下去？"书吏又禀曰："被告名叫齐卞丢，不叫齐下去。""既然如此，旁证名字该念什么？"书吏禀曰："叫斩釜。"知县笑曰："我料定另有念法，不然我要叫他亲爹了。"

★吝啬鬼与吝啬王

有个吝啬鬼，在当地已经很出名了，但是自己觉得还不够吝啬，于是决定去向住在百里之外、远近闻名的吝啬王讨教。

他带了两件见面的礼物：两条鱼——用纸剪出来的，一瓶酒——用空酒瓶灌的水。

不巧,吝啬王出门了,只有他老婆在家。

吝啬鬼寒暄了几句,只好心痛地放下礼物,告辞了。

吝啬王老婆看了看那礼物,心中暗暗冷笑,但是却满脸笑容地挽留吝啬鬼说:"吃了饭再走吧,我刚烙的饼。"说着,用手在空中画了一个大大的圆圈。

吝啬鬼心中暗骂,但是又不得不佩服这才是吝啬到家。

晚上吝啬王回来以后,老婆对他讲了吝啬鬼来求师的事情,并期待丈夫对她的吝啬表现给予表扬。

不料吝啬王却勃然大怒了。他用手指着老婆说:"你可真够大方的!"说着,用手在空中画了四分之一个圆圈,"他一个人,给他一角饼足够了!"

《三国》经典片段搞笑版

三英战吕布

吕布巡桃园，发现张飞正坐在地上大啃他家的桃，不由得怒火中烧。

吕布："你是哪家的野种，为何跑来俺家的桃园内偷桃吃？"

张飞一脸茫然："你一下子问了俺两个问题，俺不知道先回答哪一个。"

吕布咬紧牙根："你家大人呢？"

张飞："俺父母死了，不过俺还有两个哥哥，不过他们不是俺的亲哥哥，是结义的那一种……"

吕布气得浑身哆嗦："他们在哪儿？"

张飞抬头对树上喊道："两位哥哥，下面有人找你们！"

吕布顿时晕倒！

🐱 煮酒论英雄

曹操："方今天下，数英雄，唯使君与操耳。"

刘备："何出此言？"

曹操："论实力，汝不及余，甚矣！论名声，吾徒望汝项背。何哉？"

刘备："广告，很重要哟！"

🐱 过关斩将

刘备："二弟，你过五关，斩六将，真是神通无敌呀！老哥我从没见你出手，没想到你不出手则已，一出手则精彩绝伦，天下无人能比呀！"

关羽："大哥过奖了，我是偶像派的，哪能干那种粗活，那都是替身的功劳呀！"

刘备："……"

🐱 空城计

司马懿兵临城下，发现城门上贴了一个告示。

通知：因本城电力供应异常紧张，特招聘发电工若干名，待遇从优。有意者推门进入，即刻录取。

"原来是一座废城！黑灯瞎火的，连网也不能上！"司马懿一边说，一边失望地退兵而去。

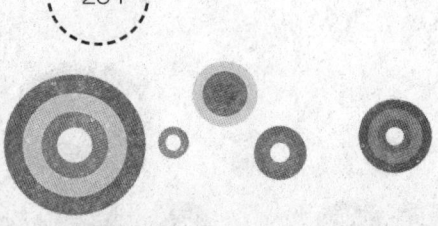

古代幽默八则

1.

某人生长在富贵之家，花钱买了个五品官，但不知民间疾苦。一年冬天，他外出巡视，见一乞丐站在寒风中发抖。他觉得很奇怪，就问随从："这个人身子怎么老是在动弹？"随从道："因为天冷衣薄而发抖。"

此人更觉奇怪，说："难道抖抖就不冷了吗？"

2.

一个秀才遇见一个和尚，秀才想出和尚的丑，便问和尚："师傅，秃驴的秃字怎么写？"和尚说："就是秀才的秀字，屁股略为弯弯掉转就是了。"

3.

从前有个牛皮先生,自以为很会说,他听说邻村有一个种田的比他还会说,当众夸下海口,说:"哼,说赢他,只要半张嘴就行了。"

第二天,牛皮先生就去找那个种田的,并故意把嘴用纸糊了一半,正好碰到种田人的孩子,便问:"你爹呢?"

小孩说道:"我爹耕田去了。"

"到哪里耕田?"

"锅沿上。"

"那耕什么田啊?"

"耕锅巴!"

"嘻嘻,"牛皮先生感到好笑,说,"那不怕牛屎掉进锅里去吗?"

"不要紧,牛屁股用纸糊着呢。"

4.

晋朝某皇帝得太子,赐群臣汤饼宴,有位大官起立曰:"贺陛下子嗣后继有人,愧吾等无功而受禄。"

帝正色曰:"卿何出此言!此事岂可使卿等有功?"

5.

有客人来访,谈至中午,主人借故进里屋吃了饭。

出来后没事一样有说有笑。

客人心里明白,抬头望着屋梁,说:"上面被虫子蛀得很厉害。"

主人:"我怎么看不出来?"

客人道:"当然了,他在里面吃的!"

6.
从前有一个人天天找不到什么事做,就只知道找些事情难别人,给人惹麻烦。

有一天,他又到外面去逛,走路故意一晃一晃的,这时远处有一个正在耕田的农民狠狠地给了牛一鞭子,骂道:"没用的东西,走路东倒西歪的,成什么样子。"

这个人听了,心想:"这不是明着骂我吗?哼,我一定要把你骂个狗血淋头。"

他怒气冲冲地走到农民面前,正要发火,却看到农民从地上捡起一块泥巴就往牛屁股里塞,他忍不住笑了起来,问道:"喂,你这是干什么啊?"

农民嘿嘿一笑,说道:"我早知道他要拉稀,就先捡块泥巴把它堵上!"

7.
从前,有一个人去看相,看相人一边摸着手看相,一边说:"男子手如绵,身边有余钱,妇女手如姜,财物堆满箱。"

这个人听了大喜,说:"太好了,我老婆的手就是如姜啊!"

看相人问道:"何以见得你老婆的手像生姜?"

这个人说道:"我昨天被她打了一个嘴巴,到现在还火辣辣的呢!"

8.

一猴子对主人说:"我不想当猴子了,想当人。"

主人说:"你要当人,须把全身的毛拔了。"

猴子说:"行。"

主人拿来镊子,刚拔一根,猴子就疼得嗷嗷直叫,就不愿再拔了。

主人说:"你一毛都不肯拔,如何能够做人!"

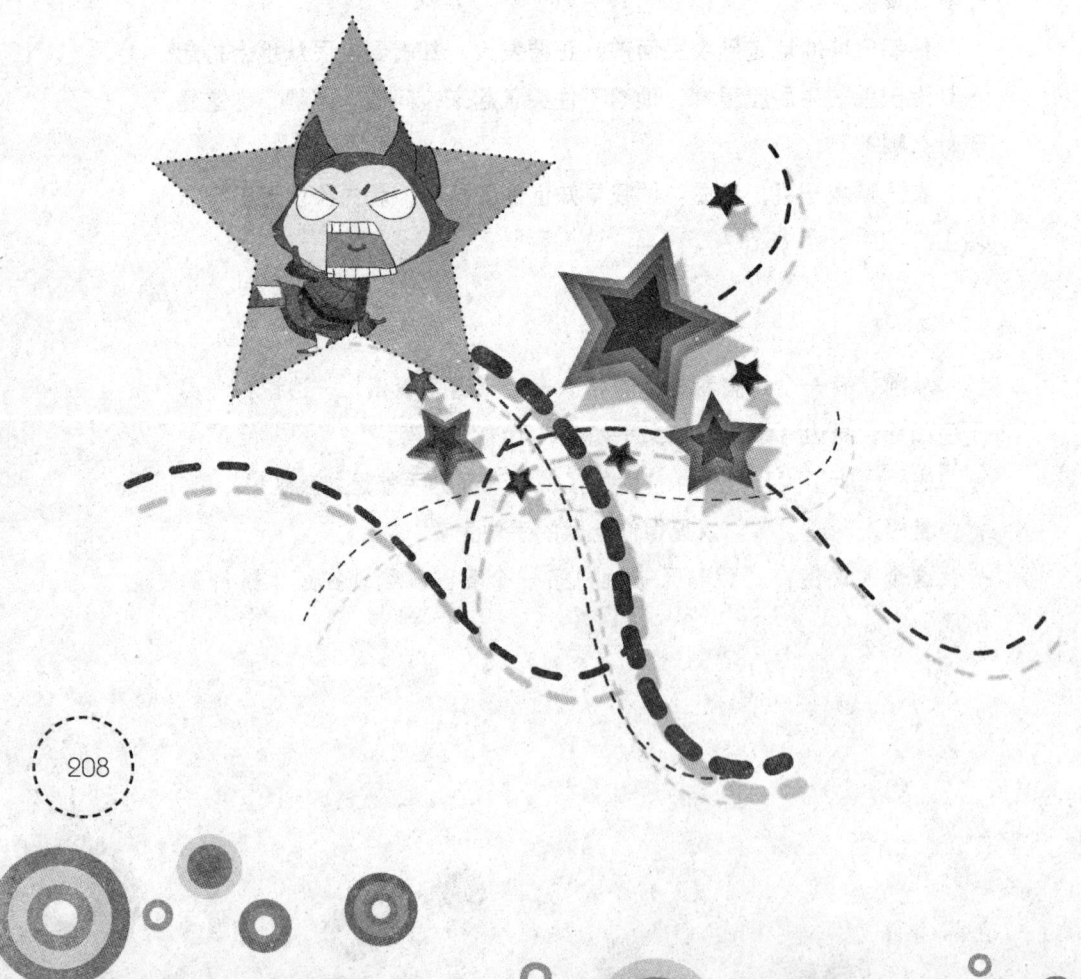

见到大鱼大肉，我不要命了
——古人也疯狂

对诗

话说一名书生和一名武生酒馆相遇，喝酒之余书生提议对诗，要求必须用到"圆又圆，尖又尖"。

书生言道：

笔杆圆又圆，

笔头尖又尖。

一笔写三字，

做个文状元。

武生对道：

弯弓圆又圆，

羽箭尖又尖。

一弓射三箭，

做个武状元。

这些被旁边一妇人听见,就对曰:
肚皮圆又圆,
手指尖又尖。
一胎生二子,
文武双状元。

藕大如船

从前,有个主人用藕来招待客人,他把藕梢切下来端出去请客人吃,却把好的那段藕留在厨房里。这事被客人发现了,便故意对主人说:"我常常读诗,曾经读到过这样的诗句:'太华峰头玉并莲,开花十丈藕如船。'过去,我一直怀疑这诗句写得不真实,哪有像船那么长的藕呢?今天,我才相信了这诗句写得真。"

主人问他:"为什么呢?"

客人说:"你看这藕,藕梢在这里,可是藕屁股那一段不是还在厨房里吗?"

难得,难得

主人宴客前暗中嘱咐仆人:"你听我敲一次桌子就斟一回酒,以免浪费。"

这事给一个客人知道了,席间,他故意问主人:"令堂今年高寿?"

主人答:"七十三了。"

客人击桌赞叹:"难得!"

仆人闻声,马上斟酒,又问:"令尊今年高寿?"

主人答："八十四了。"

客人又大敲桌子："更是难得！"

仆人又斟酒如前。

这时，主人知道中计了，便大声斥责道："你不要管七十三、八十四了，你也该吃够了吧！"

最早吃醋的人

在世界上还只有亚当和夏娃的时候，有几天亚当夜不归宿，夏娃感到很伤心。

她抱怨地对亚当说："你一定在外面有别的女人了。"

亚当反驳说："你这个人真是不可理喻，世界上只有你一个女人啊。"说完亚当睡着了。

忽然，亚当感到胸口很痛，原来是夏娃在捅他。

他生气地吼道："你在干什么？"

夏娃回答："在数你的肋骨。"

我不要命了

有一个员外宴请教书先生，搞的全是素菜，仅一盘豆腐好点，先生也只吃豆腐。

员外问："你怎么不吃其他菜？"先生："豆腐是我的命。"员外牢记在心。没多久，员外又宴请先生，搞的全是大鱼大肉，仅一盘豆腐是素菜，放在先生面前。可先生只吃鱼和肉，就是不动豆腐一筷子。员外问："先生，豆腐是你的命，你怎么不吃呢？"先生："今天见到大鱼大肉，我不要命了。"

胡须与鼻子

隋朝初年有贾元逊、王威德,二人都善机辩。他们原本不相识,只相互知道名字,却没有机会见面。贾元逊长着一脸络腮胡子,而王威德鼻子又长又大。有一次,一个人置酒请客,同时请了他二人,他们在酒宴上相遇,各问知姓名,这才相识。座中众客及主人知道他二人善调笑,便请他们说笑话。

王威德便抢先说:"千张黑毛羊皮,只裁一双袜。"

众人问道:"剩下那么多羊皮,打算干什么用?"

威德答道:"拟作元逊颊!"

元逊知道这是取笑自己腮上胡须多,便应声说道:"千丈黄杨木,只为做个梳。"

众人又问:"剩下的木头做什么?"

元逊答道:"拟作威德箧(鼻)!"满座哄堂大笑。

天姓什么

北齐高祖曾聚集儒生讨论儒家经典，众人论辩经义，十分热烈。石动筩最后到场，问一个在场的博士官："先生，天姓什么？"

博士答道："天姓高。"

动筩说："皇上乃当今真龙天子，皇上姓高，天必姓高，你这是因袭前人的说法，算不上新义。经书上自有天姓，先生可以引用儒经之文，不需借用旧说。"

博士问："不知哪部经书上讲过天姓？"

动筩道："看来先生全不读经，连《孝经》也未见过。天本来姓'也'。先生难道没见到《孝经》上说：'父子之道，天性也。'这岂不是天的姓？"

惧妻葡萄架

有一官吏怕老婆，一天被妻打破了面皮，次日上堂，太守见面问之。吏谎说："晚上乘凉时葡萄架倒了，故此刮破了。"

太守不信说："这一定是被你妻打过了的，快差隶拿来严办。"不料被太守夫人在后堂听到，大怒，抢出堂外。太守慌忙说："你且暂退，我内衙的葡萄架也要倒了。"

生此怪物

秀才应考，要答试题两道。

其一的题目是古文中的一句话《昧昧我思之》，但秀才竟抄成《妹妹我思之》。

改卷官员看到这里，提笔批道："哥哥你错了！"

另一道题是《父母论》。

秀才一开头就这样论道："父，一物也，属天；母，一物也，属地……"

改卷官员阅卷至此，不禁失笑，批道："天地无知，生此怪物！"

 **头鸣**

古时候，有个秀才参加考试。入场的时候，他把早已捉在手里的蝉放到自己的帽子里。考试的时候，这只蝉就不住声地叫起来。

和这个秀才坐在一起的考生听到蝉鸣，便忍不住笑出声来。因为在考场内笑是犯规的，于是考官把这个考生叫出去，问他为什么要笑。他说："我听见同坐的那位秀才帽子里发出叫声，忍俊不禁，笑了。"主考官又把那个秀才叫来，问是怎么回事，秀才回答道："我来考试之前，父亲让我把一只蝉放进帽子里。父亲的命令，小生怎敢违抗？"

主考官问为什么要把蝉放在帽子里，秀才回答："取头名（鸣）之意。"

 **儒家子弟**

有一富家子弟，诈称秀才，被聘为家庭教师。

一日，学生向他请教《桓公杀子纠》一章怎么解。此人不知是书上句子，只当是件人命案，便连声大叫道："这是人命关天的大事，老师我怎么知道实情？"

 **救我一时穷**

有个落魄的读书人，家里断粮多日，妻子哭哭啼啼，自己也饿得很难受。忽然想起观音庙里有个铜铸佛像，估摸可以换得几升白米。于是他便爬入庙里，正要伸手拿佛像，又恐神佛会责怪他，于是便在

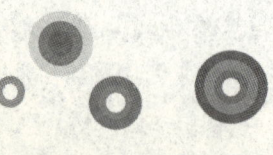

墙上写了几句诗，才把佛像拿走，这几句诗是：

佛是西天佛，

铜是本地铜。

请佛西天去，

救我一时穷！

文绉绉

有个姓朱的财主，又讲忌讳，又爱说话文绉绉。他对新来的小猪倌说："记住我家的规矩：我姓朱，不准你叫我时带'朱'（猪）字，叫'老爷'或'自家老爷'就行了；平时说话要文雅一点，不准说粗言俚语。例如，吃饭要说'用餐'；睡觉要说'就寝'；生病要说'患疾'；病好了要说'康复'；人死了要说'逝世'，但犯人被砍头就不能这样叫，而要说成'处决'……"

第二天，一头猪得了猪瘟。小猪倌急忙来对财主说："禀老爷，有一个'自家老爷''患疾'了，叫它'用餐'不'用餐'，叫它'就寝'不'就寝'，恐怕已经很难'康复'了，不如把它'处决'了吧！"

财主气得半天说不出话来。

小猪倌接着说："老爷要是不想'处决'这个'自家老爷'，让它自己'逝世'也好！"

财主与画家谁比谁狠

有个财主,请一位画家为他画一幅法老和法老的军队淹死在红海之中的画,但他不肯多出钱,和画家争了半天,最后才答应付半价。

过了两天,画家来见财主,打开画卷一看,画面上全涂着红颜色,没有一个人。财主吼道:"这就是我叫你画的画吗?"

"是的。"画家说,"你看,这一片红的就是红海。"

"以色列人在哪里?"

"渡过红海了。"

"法老和法老的军队呢?"

"淹到海里了。"

俺的牛呢?

古时候,如果想知道一个山洞有多深,一般都会往里面投石头,然后根据声音估计洞有多深。这天,一人在山上闲逛,发现有个山洞,他就开始琢磨这洞有多深,恰巧他身边有块巨石,于是他就找来一根木棍利用杠杆原理把石头弄进去。砰!砰!砰!说时迟,那时快,只见一头牛发疯似的飞奔过来,并一下子跳进了山洞!这人苦思不得其解。

一会儿,一农夫过来问:"小伙子,看没看到我的牛?"

"看见了,但牛自己跳进山洞里啦!"

"怎么可能呢?俺将俺的牛拴在一块大石头上了啊!"

我不敢取

相传，清朝大官李鸿章有个远房亲戚，不学无术，却想通过科举，弄个一官半职。

这年他来参加考试，可是试卷一到手，他就冒虚汗，连道题也不会作，写了半天也不知道写了什么。后来他想，我是中堂大人的亲戚，把这关系写上，监考官不敢不录取。于是，他就在卷尾写道："我是中堂大人的亲戚。"可是"戚"字不会写，写成了"妻"字。

那监考官为人十分正直，看到这张狗屁不通的卷子正要扔掉，却见上面有一行字，他看后，便在下面批道："因你是中堂大人的亲妻，所以我不敢娶（取）。"

解斋典琴

北齐尚书王元景，某日晨起，忽然想一改平日食用素食的习惯，对仆人典琴唤道："解斋。"

典琴说："公又未曾作斋戒，为何说解斋？"

王元景轻轻一笑，说："我未斋戒，就不能说解斋；那么你每天叫典琴，又何处有琴可典呢？"

糊涂县官

一天，一个农夫击鼓喊冤。县官升堂问案："你因何喊冤？"农夫说："我明天会丢一头牛，今天特来报告。"糊涂县官一听，惊堂木一拍："大胆刁民！你明天丢牛为啥明天不来申冤？"两边的衙役一听哄堂大笑，县官一看衙役笑了更火了，又拍了一下惊堂木："胆大的衙役！你们笑什么？牛一定是让你二人偷去了。"当差的一听惊慌失措，急忙把衣服扣解开说："大老爷不信请搜！"

狗吠之声

侯白还未出名时，一次去见新任县令。他对差役说："我能叫县令学狗叫。"差役不信，与侯白打赌，谁输了请桌酒席。

侯白见了县令说："本地盗贼很多，请您命各家养狗，盗贼来，各家狗叫，就会吓跑他们。"

县令说："这样说来，我家也需养只能叫的狗了？怎样才能得到它呢？"

侯白说："我家新有一群狗，叫起来'哟哟哟'的。"

县令说："君全不知，好狗的叫声应当是'汪汪汪'的，叫起来'哟哟哟'的不是能叫的狗。"

侯白说："好，一定给您找'汪汪'叫的狗。"

侯白退出，掩口而笑的差役只得认输。

侯白出谜

有天，侯白和大家一起猜谜，约定谜底必须是大家知道的实物。侯白出谜道："有个东西，脊背和屋一般大，肚子和屋梁一般大，口和杯子一般大。"

大家猜不出，都说："天下哪有口和杯子般大，而背却有屋子一般大的东西？"

侯白指着屋梁道："你们看，燕巢不正是背靠屋顶，肚贴屋梁，口如杯子那般大吗？"

又有一次，大家又在一起猜谜。这次规定不得出幽隐难识的谜，侯白又出了个谜语："有个东西，大小像狗，而相貌却同牛一样。"

有的猜是獐子，有的猜是鹿，侯白都说不对。最后大家让他公布谜底。

他说："这是条牛犊子。"

煮熟石榴

隋朝山东的郑元昌，是个有权有势的人，平素喜欢不懂装懂。

一天，他参加宴会，高踞首席，宴席很丰盛，还有许多水果。他不识石榴，但又不肯放下架子问人，装出内行的样子，连皮啃，只觉得又酸又涩，就对主人说："这个红馍馍，好像还未煮熟，你们得把它再煮一煮。"

以经制经

隋朝薛道衡出使南地。有个僧人十分善辩，薛道衡拜见，僧要他在佛堂外诵读经文，并向寺庙礼拜后方可进入佛堂。薛道衡尊重僧道，一一照办。

待他来到佛堂门边时，僧人大声引读《法华经》道："鸠(恶鬼名)茶鬼，今在门外。"

薛道衡立即应声还对《法华经》之句道："呲舍鬼，乃往其中。"僧人被折服，对薛道衡再不敢恶语相待。

嘲讽淡酒

一日,有人入店饮酒,酒味很淡,那人嘲讽道:"酒,何处漫行来,腾腾失却酉。"

旁人问:"什么意思?"

他答道:"有水在。"

史上最悲剧的穿越

1.

毫无女人缘、穷困潦倒的前世宅男主角一梦醒来,发现自己穿越了,做了皇帝,而且年仅8岁,身体健康,记忆超群,可默写诸多名著,熟记一百零八路内功秘法宝典,未来发展余地极大。

于是主角看看身上华丽的衣袍,再看看面前端上的尽是珍馐美味,还有两边站立的御姐宫女,那是一个比一个漂亮,不由得踌躇满志。

信手选了一块桂花肉饼吃了,正心满意足地舔手指,忽然闻听太监通报:"大将军梁冀求见。"(东汉质帝8岁立,9岁被外戚梁冀废掉,杀死。)

2.

无敌丑宅女一梦醒来,发现自己置身红罗帐内,一个英武伟岸的大叔正在龙床前宽衣解带,偷眼往铜镜处瞄去,只见自己国色天香,身材性感,她整理心情,发现自己记得无数诗词歌赋,擅长百种牛肉干做法。

于是踌躇满志,打算淫乱宫廷之时,内监慌张来报:"禁军哗变,杨国忠大人被杀了!"

(安史之乱,唐玄宗跑四川,中途兵变,被迫把杨贵妃勒死。)

3.

无敌丑宅女一梦醒来,发现自己诸般音律舞蹈无所不通,擅长百种巧工,炼钢炼铁吹玻璃无所不通。

梳妆打扮完毕,闻听呼唤,连忙来到前厅盛大的酒宴上,只见主人宴请的全是达官显贵,无数双眼睛贪婪地注视着自己,踌躇满志打算高歌一曲,一举成名之时,主人席上发话了:"来得正好,再为王敦大将军斟酒!"(晋大富豪王恺让美丽的侍女劝酒,宾客不喝则杀侍女,大家不得不喝,唯大将军王敦不饮。)

4.

毫无女人缘、穷困潦倒的宅男主角一梦醒来,发现自己穿越了,

做了武林高手,师父武功稳排当今前十以内,基础扎实,内力深厚,外加脑内记有《九阳》、《九阴》、《天蚕宝典》、《战神图录》若干,破碎虚空指日可待。

看看面前,正在劫囚车一辆,料想自己是那大侠正在打抱不平,怀中银票满满,遥想行侠仗义,女儿倾心,对酒当歌,不亦快哉!

信手砍了两个官差,正杀得快活之时,忽然听得头上霹雳作响,抬头看去,只见晴空之上,赫然一个火球……

(眼看就要得手之际,就要被雷劈死啊。)

5.

穿越回去,发觉自己上知天文下知地理,精熟数术理工,无数筹划喷涌而出,一时兴致勃发,拿起树枝寻了片沙地将胸中所学一一画出。未几,一罗马士兵提刀而入。

(阿基米德正在地上画图研究几何问题,被罗马士兵刺死。)

6.

一与AV相伴的宅男,睁眼发现自己身穿绫罗绸缎,身旁绝世佳人相伴,回想穿越之前种种恍如隔世,不由心中感怀,当即挥毫落纸,写下南唐后主李煜的名句:春花秋月何时了,往事知多少。小楼昨夜又东风,故国不堪回首月明中。雕栏玉砌应犹在,只是朱颜改。问君能有几多愁,恰似一江春水向东流。

数日后,一仆来报:"陛下有旨,赐酒陇西郡公。"

(南唐后主李煜因为这首词被宋太宗赐死。)

7.

穿越回去,觉得自己身上隐然有霸王之气,沛然莫名。睁开眼睛,面前盘中一盘肉饼,香气扑鼻,恰好肚中饥饿,便张口大嚼,正吃得快意处,旁边一使臣笑道:"西伯侯,大王赐下的肉饼可还合口味吗?"

(文王姬昌误食儿子伯邑考之肉。)

8.

一阵恍惚之后再看,只见身处辉煌大厅中央,众人环绕。自己一身衣饰华贵,剪裁合身,显然是上等手工缝制。四周灯红酒绿,男宾女客皆举止高华,尽是贵族中人。

定神细想,自家原是大贵族,更兼跟随大势投资外洋,获利巨亿。此去美国,上有族老参议员拂照,下有良田数十万顷,大厦数十栋,仆人打手无数。此后数百年龙气不衰,正可借此大势翻动世界。

正自飘然间,呼听厅外一阵忙乱,有人大呼:"Iceberg! Iceberg ahead!"

(泰坦尼克号上的绿帽男。)

9.

毫无女人缘穷困潦倒的宅男主角一梦醒来,发现自己穿越成了婴儿,周围金碧辉煌,无数太监宫女服侍,体内任督二脉全部打通,全为纯净的先天真气,脑海里浮现出《长生诀》、《战神图录》、《九阴》、《九阳》等等无穷秘籍,忽然走来一英武男子,周围太监慌忙行礼,声音听不真切,只闻一个嫪字……

(秦始皇杀嫪毐与太后的私生子。)

10.

千年老宅男一觉醒来,发现你正华服高坐于宴会首席,身后甲士环立,身边美姬正在给你夹菜喂酒,正得意间,下首一个王孙公子模样的指着一个捧着食盘走来的厨子对你说:"主上,这道糖醋鲤鱼就是此名厨做的,当合主上的口味。"你正被美味吸引,食指大动时,突然那厨子的手伸入了鱼腹……

（吴王僚被专诸刺杀,鱼肚中乃名剑鱼肠剑。）

11.

宅男穿越,发现自己衣饰华丽,通今博古,上知天文下晓地理,正满怀抱负准备大展宏图。突然听到眼前的卖菜农妇说道:"菜无心能活,人无心,当然活不了。"

（被挖了心的比干。）

12.

宅男一觉醒来,发现穿越回抗战时的上海某私人酒宴,身上洋装笔挺,手下特工无数,就是皇军碰到也是客客气气地打招呼。

片刻,下人端来一个牛肉馅饼,主人殷勤招呼:"李桑,这第一块饼请你先赏光。"

（大汉奸李士群被日本人毒杀。）

梦中有个丈母娘

⭐ **痴人说梦**

戚某好死读书，久而久之，变得性情古怪呆痴起来。一天，他早早地起来就问婢女："你昨夜梦见我了吗？"婢女说没梦见。戚某就大声喝斥道："我梦中明明见过你，你怎敢抵赖？"他还专门跑到他母亲跟前告状说："这个痴呆婢女真该打，我昨夜梦中明明遇见了她，她却死不承认梦见了我，真是岂有此理！"

⭐ **错穿靴子**

有个人外出时错穿了靴子，一只底厚，一只底薄，走起路来一脚高一脚低，很不合适。这人感到奇怪，自言自语道："今天我的腿怎么变得一长一短？可能是道路不平的原因吧？"有人对他说："你大概是错穿了靴子吧。"这人这才仔细一看，果然如此。于是，连忙派家人回家去取。家人去了很长时间才回来，却是两手空空，并没把靴子带来，主人问他为何没拿来，他无奈地对主人说："不必换了。家里的两只，也是一厚一薄呀！"

★ 北冷南热

一个南方人和一个北方人，两人都善说谎，彼此仰慕，希望能见上一面交流一番。因此，两人不约而同地不辞路远前去相访，正好在中途遇上了，首先谈起了天气冷热的话题。南方人对北方人说："听说你们那儿极冷，却不知究竟冷到什么程度？"北人吹嘘道："北方冷起来，连撒尿时都要带根棒儿，一尿就冻上，必须随冻随敲，不然，人与墙就会冻在一起，想动也动不得。冬天要是在浴堂里洗澡，竟会把人冻在盆里。"南方人不相信，就追问道："既然这么冷，那浴堂的主人又在哪里呢？"北方人文绉绉地说："未闻浴堂东道主，但见盆中有冰人。"北方人又转而询问南方人："听说贵地极热，但不知热得究竟怎样？"南方人滔滔不绝地说起来："南方热起来，把生面饼贴在墙上，马上就能烤熟。夏天街上要是有人赶着猪走，走不多远，那猪就变成了熟猪。"北方人惊奇地说："猪已如此，人何以堪？"南方人也用一句诗谎答道："彼猪尚且成烧烤，其人早已化灰尘。"

★ 回敬尊称

一个市井百姓受了官府封赏，县官接见了他。县官见他年纪大，就称他老先。这人从官府回来，很不高兴。儿子见状就问是怎么回事，这人说："县官欺我太甚。他本该称我老先生才是，偏自作歇后语，叫什么老先，明明是轻薄得很嘛！好在我回称时也没便宜了他。"儿子忙问是怎么称呼的，这人说："我本该称他老父母，当时我也故意把后一字给省去了，只叫他一声老父。"

★ 七月儿

有一妇人怀孕七个月就生下一个男孩，她丈夫担心养不大，遇见人就问这件事。一天，他又与一个朋友谈起了这件事。这个朋友听了以后说："没事的。我祖父就是七个月生的。"这人听了惊奇地说："这么说你祖父后来毕竟还是养大了？"

★ 死后好过

叶衡被罢去宰相职位之后，回到家里。有一天，他害了病，不少人都来看望他。他问大伙儿道："我快死了，但不知死后好不好过？"有个读书人回答说："很好过！很好过！"叶衡惊问道："你怎么知道呢？""不好过死去的人便都逃回来了。至今，还没见到有哪个死去的人逃回来，可见死了以后很好过呀！"满座的宾客听了都禁不住地大笑起来。

⭐ 不怕女人

从前有一个国王,叫光棍,他很怕女人,他想选一个不怕女人的大臣来辅佐他。有天上朝时,他对大臣说:"怕女人的在站左边,不怕的站右边!"一转眼,左边站满了,而右边只剩一个。光棍问:"你为什么站右边,你不怕女人吗?"他回答:"我老婆叫我不要往人多的地方跑!"

⭐ 觅脚凳

乡间坐的凳子,大多是用现成的树丫杈作腿。一家有只凳子断了条腿,主人就派仆人到山里弄一条来。仆人带着斧子出去一整天,结果空着手回来了。主人责骂他,他说:"丫杈倒有的是,却都是朝上长的,没有一个是朝下长的。"

⭐ 镜中有个丈母娘

有个渔家妇人,从来没见过镜子,每次梳头洗脸的时候,都是往水中照一照就行了。有一天,她丈夫特意为她买了一面镜子带回家来。妇人拿出来一看,慌慌张张地跑到婆婆面前说:"我丈夫又娶回来一个新媳妇!"她婆婆把镜子拿过来一看,叹了口气说:"儿呀!你又娶个媳妇来,娘也不说什么了,可是为什么连丈母娘也带来了?"

⭐ 呆女婿爬梯

有个痴呆女婿,不通世事,每次在岳父家吃饭时,总要被另外几个女婿压坐在下位上。妻子为此感到惭愧,就嘱咐他千万要往上座坐,然而他始终弄不明白该怎样坐。这天,痴呆女婿与妻子及其他几位姊妹女婿相聚在岳父家,把酒让座之时,妻子倚在门口往高处斜挑着眼睛给他递眼色，意思是要他坐在上座。痴呆女婿不解其意，以为要他坐在高处，见庭院中有把梯子竖在房檐边，就马上爬到梯子中间坐了。妻子着急了，再次瞪着眼睛暗示他。痴呆女婿仍然不明白要他怎样坐，情急之下大声叫嚷道："总不能叫我到天上去坐吧。"

★学人叫卖

张三挑着一担枣子，李四挑着一筐核桃，一起到大街上去买。张三大叫："快来买枣子，大枣子小核，小枣子无核。"人们都上前去买，一筐枣子不一会儿便被抢购一空。李四见了，也大叫道："快来买核桃，大核桃小仁，小核桃无仁。"街上的人不但没有来买，还直冲他笑呢！